放課後の厨房男子
野獣飯?篇

秋川滝美

幻冬舎文庫

Cooking Club of boys' school
男子校 包丁部

放課後の厨房《チューボー》男子

野獣飯？・篇

男子校包丁部
Cooking Club of boys' school

放課後の厨房男子《チューボー》

野獣飯?篇

contents

Cooking Club of boys' school
男子校包丁部

第一話
再現！　弁当男子コンテスト優勝作品

九月のとある水曜日。残暑どころか、百パーセント本気の暑さが秋を寄せ付けまいと頑張る中、勝山大地《かつやまだいち》はもう何度目になったかわからない台詞《セリフ》を繰り返した。

「颯太《そうた》先輩、毎日来てくださるのは嬉《うれ》しいんですけど、さすがにそろそろやばくないっすか？」

大地は、今年創立百二周年を迎えた県立末那《まな》高校の二年生だ。ちなみに男子校、生徒数は千二百余名で、生徒はいずれかの部に所属し、課外活動をおこなわなければならないという校則がある。

大地は入学当初、陸上部に所属していたが、膝《ひざ》の故障により『包丁部』に転部した。『包丁部』は、こよなく料理好きにもかかわらず、男尊女卑の父親に「男子厨房に入らず」を強要されていた生徒が、学校でなら父親の目に触れることもないだろうと目論《もくろ》んで立ち上げた。

　正式名称は『刀剣《とうけん》研究部』、通称『包丁部』。実態は料理部に他ならないが、必死に父親をごまかしてまで料理に勤《いそ》しんだ初代部長を重んじ、部員たちは今でも『包丁部』の名称を使い続けている。

　包丁部の活動拠点となっているのは調理実習室だ。部屋の中には颯太と大地のほかに、一年生の水野《みずの》優也《ゆうや》と不知火《しらぬい》零士《れいじ》がいる。優也は、正しい味付けを覚えることで、妹に味音痴の母親の影響が及ぶのを阻止するために入部、不知火は、もともと諺《ことわざ》や四字熟語の語源を調べるのが趣味で、いずれ語源研究部を立ち上げるつもりだが、とりあえずそれまでのつなぎという感じで入部してきた。

　包丁部の活動拠点である調理実習室、後輩三人にため息をつかれながらテーブルに突っ伏しているのは、とっくに引退したはずの三年生、月島《つきしま》颯太だった。

　大地は故障によって長距離走が続けられなくなり、途方に暮れていたところを颯太の勧誘で半ば無理やり包丁部に入部させられた。おかげで自分の居場所を見つけられたし、誘ってくれた颯太には深く感謝している。優也は優也で、颯太の機転で天文部の強引な勧誘から逃れ、包丁部に入部することができた。おそらく優也も、颯太には感謝しているに違いない。不知火にしても、雑学に長《た》ける颯太と諺や四字熟語の話をするのは楽しそうだった。だが、それとこれとは話が別だ。

包丁部の三年生は毎年末那高祭終了後、六月末日をもって部活から引退することになっていて、三年生ふたりの名前は既に部員名簿から消えている。

だが、それにもかかわらず、颯太はほとんど毎日のように調理実習室にやってくる。一応、参考書や問題集は広げているものの、そのページがめくられることなどなかった。こんなところでうだうだしているぐらいなら家に帰るなり、エアコンが効いた図書館に行くなりすればいいものを、何を好き好んでくそ暑い調理実習室にやってくるのか、大地には理解不能だった。

シャーペンをノックして無意味に芯を出したり入れたりしながら、颯太が呟《つぶや》く。

「やばいのはわかってるんだけど、どうにも気が乗らなくて……。それに、なんていうか、放課後になると足が勝手にここに向かっちゃってさあ」

「そういう問題じゃないでしょう？　もう秋ですよ。あと四ヶ月もしないうちに受験本番なんですよ！」

「あー大地、それは間違い……エーオーの本番はもっと早い」

「エーオー……って、ああＡＯ入試ですか……。颯太先輩、まだ諦《あきら》めてなかったんですか？」

颯太は今年の夏、ＡＯ入試狙《ねら》いで弁論大会に出場、見事な惨敗を喫した。それきり諦めたかと思っていたが、まだ狙っていたのか……と大地は驚いてしまった。

「まあダメ元で……機会は多いほうがいいし」

「だったら余計に勉強しなきゃだめでしょう！」

「もし、そこで上手く引っかかったらもう受験勉強はいらないんじゃないかなあ……とか思って」

「ふざけるな――――！」

　そこに入ってきたのは土山美子《つちやまよしこ》教諭、通称ミコちゃん先生だった。

　ミコちゃん先生は、社会科日本史を担当する女性教員で包丁部の顧問。趣味は発掘調査で夏休みは穴掘りに忙しく、自主トレと称して夏休み中一切活動しない包丁部とはウインウインの関係だった。身長一五三センチ、体重四五キロ（推定）とひどくコンパクトな体形ながらも剣道の有段者、性格の漢前《おとこまえ》さと突拍子のない言動は包丁部一だと噂《うわさ》されている。

　いきなりの顧問登場に、颯太は椅子《いす》から転げ落ちそうになった。

「どわっ！　ミコちゃん先生！」

「月島――――！　おまえのこの間の模試の結果はなんなんだ！　この時期にあんなに一直線に右肩下がりのグラフってなんの冗談だ！」

「いやあ……さすが末那高三年生。進学校だけあって、みんな頑張ってるんですよねえ」

「そのみんなの中に、おまえが入っていないのはどういうわけだ⁉」

「あーほら、俺ってわりとアウトローだから」

「アウトローってのは、優秀だからこそかっこいいんだよ！　おまえみたいなのは、ただの努力不足の落ちこぼれだ！」

「あ、ひどい……」

さすがにそれは暴言だろう、と大地ですら思う。

けれど、ミコちゃん先生の気持ちだってわからなくもない。颯太は根っからの馬鹿ではない。末那高の雑学博士を自認するほど世の中のあれこれについてよく知っているし、大地のように覚えたことを片っ端から忘れることもない。

努力さえすればちゃんと成績は伸びるはずなのだ。それなのにその努力をしないから成績は下がりっぱなし。模試の志望校判定だってDやらEが並びまくっているらしい。颯太の潜在能力の高さをよく知っているだけに、ミコちゃん先生はヤキモキしているに違いない。

そんなミコちゃん先生の気持ちなど素知らぬふりで、颯太は嘯《うそぶ》く。

「能ある鷹《たか》は爪《つめ》を隠すって言うじゃないですか」

「予《あらかじ》め言っておくが、隠しっぱなしで入試に挑むなんてあほのすることだぞ。たとえ磨けば光る石だったとしても、既に磨きまくって光り輝いている石が隣にあるのに、わざわざ得体の知れない石ころを拾うのは物好きのすることだ」

「得体の知れない石を拾うのが大好きなミコちゃん先生のお言葉とは思えませんね」

「発掘調査と受験は違う！」

まったくだ……。

ふたりのやりとりを聞きながら、大地は、心の底からミコちゃん先生に同情する。

こんなに颯太のことを心配して叱咤《しった》激励、いや叱咤叱咤しているのに本人はどこ吹く風なのだ。教師としてどうしようもない無力感に苛《さいな》まれてしまうのだろう。しかもこのやりとりは今日に始まったことではない。末那高祭終了後に三年生が引退してから、少なくとも週に一度は目にしている。

引退したにもかかわらず、そんなに頻繁に部室に顔を出している時点でアウトだった。

「なあ月島。もうあと四ヶ月、ほんのちょっとのことじゃないか。その間だけでも本気で勉強して……」

「よう、やってるか？　今日は何を……あ、まずい……」

調理実習室のドアをがらりと開けて、勇ましく入ってきたのは颯太と同じく三年生の日向翔平《ひゅうがしょうへい》、元包丁部部長だった。

趣味は料理と公言して憚《はばか》らないどころか、フライパンを振るためには筋力が必要とばかりに、日々筋トレを欠かさないという変わり種の料理馬鹿。

料理の腕は確かだし、末那高祭と同時開催された本年度弁当男子コンテストの栄えある優勝者でもあった。

「日向――――！　月島ばかりじゃなく、おまえまで！　何が悲しくて引退後の三年生が連日部活に顔を出してるんだ！」

「ミ、ミコちゃん先生こそ、毎日見回りお疲れ様です」

「私は料理部の活動を見に来たんじゃない！　あまりにも真面目に勉強しないから、おまえらの担任がなんとかしてくれってこっちにお鉢を回してきやがったんだ！」

「なんという怠慢！　部活顧問にそんな泣き言を……」

担任が生徒の指導を部活の顧問に回すなんて聞いたことがない、と颯太も翔平も呆《あき》れ返っている。大地にしてみれば、それほど手を焼かせているということなのに、本人たちのこの無反省ぶりはいかがなものか、だった。

案の定、ミコちゃん先生がまた吠《ほ》えた。

「怠慢はおまえらだ‼　さっさと帰って勉強しろ！」

「えー……でも……俺、今、本当にやる気ってものが行方不明で……」

「末那高祭も参加できなかったし、なんか締まりが悪くてすっきりしないというか……」

「あ、翔平、いいこと言った！　そうそう、それそれ！　末那高祭でばーっとやりきって終了！　ってならなかったのが敗因！」

うわあ……この人たち、言うに事欠いて、末那高祭のせいにし始めたよ……

大地はいよいよ呆れてしまう。

確かに末那高祭当日、翔平は弁当男子コンテスト、颯太は弁論大会出席のためにふたり揃《そろ》って不参加の憂き目を見た。おかげで大地や優也、不知火らはバレーボール部に助《すけ》っ人《と》要請までして大変な目に遭った。

でもまあ、バレー部の協力で何とか乗り切れたし、今となっては楽しい思い出のひとつ……いや、今はそんな話じゃない！

あのときの『やりきった感』を思い出して、にんまりしかけた大地は、思わず頭をぶんと振った。

とにかく末那高祭には参加できなかったが、その代わりに弁当男子コンテストで優勝したり、原稿だけとはいえ弁論大会で高い評価を得たりしたのだから、それでいいではないか。さっさと切り替えて、受験生ライフを満喫すべきだろう。

だが、不良受験生の反論は止まらない。

「いくら弁当男子コンテストで優勝したって、それは俺個人の話で、包丁部としての活動じゃないんです。なんかやりきった感じがしないというか……」

「だよね！　俺もそう思う。やっぱり末那高祭って文系の部活にとっては引退セレモニーみたいなものだし……」

「あーもうわかった！　引退セレモニーだな！」

それがあればおまえらは勉強するんだな！　と吐き捨てるように言ったあと、ミコちゃん先生はおもむろに大地を振り返った。

「勝山、明後日の金曜日、活動時間延長願出しとけ」

「は……？」

「は、じゃない。おまえは部長だろう？」

翔平が引退した後、包丁部部長は大地が引き継いだ。残ったメンバーの中で唯一の二年生だから選択の余地なしだったのだ。活動時間延長願は、通常の終了時刻を越えて活動する場合に提出するもので、部長の仕事のひとつだった。

「提出するのは全然かまわないんですが、なんのために？」

「こいつらの引退セレモニーをやってやる」

「っていうと？」

「日向、おまえ、この間の優勝弁当を再現してみろ。颯太はその補助と給仕、ちゃんと料理の説明もするんだぞ」

但し、簡潔にな、とミコちゃん先生はちょっと意地悪そうな目で笑った。

おそらく、夏の弁論大会で颯太が内容を盛り込みすぎて時間オーバー、危うく失格になりかけたことを思い出したのだろう。

「ふたりでしっかり弁当を作って、それを後輩に振る舞う。引退セレモニーとしては最適だろう」

「やった！　じゃあ、あの優勝弁当、食えるんだ!!」

翔平が優勝したと聞いたあと、いったいどんな弁当だったんだ、と気になって仕方がなかった。なんとなくこんなメニューという話は聞かされたものの、料理に関しては聞いただけでは話にならない。味わってこそである。

その弁当が再現され、味わえる。しかも『引退セレモニー』後は先輩ふたりが勉学に集中できるようになるとしたら、一石二鳥である。

それまで、例によって何を考えているかわからない様子で成り行きを見守っていた不知火が、即座にミコちゃん先生を褒め称《たた》えた。

「さすがミコちゃん先生！　グッドアイデアです！」

大地は、こいつは上級生相手でもものすごく辛辣《しんらつ》な口をきくせに、相手がミコちゃん先生となると、どうしてこうなんだ……と鼻白んでしまう。

三年生ふたりはもちろん、不知火からも拍手喝采《かっさい》され、ミコちゃん先生は鼻高々。だが、それに水を差したのは優也だった。彼は普段は大人しいが、ここ一番の毒舌ぶりがすごい。

「とかなんとか言って、本当はミコちゃん先生も、翔平先輩の優勝弁当を食べてみたいだけだったりして……」

「なんか言ったか、優也？」

「水野、なんならおまえは来なくてもいいんだぞ」

「な、なんでもありません！」

翔平とミコちゃん先生に睨《にら》まれ、優也はあっけなく黙った。優也だって優勝弁当が食べてみたいに決まっている。余計なことを言って強制的に欠席にされたら堪《たま》ったものではないだろう。

「よし、じゃあ金曜日、三年ふたりは全力で弁当づくり。あ、一、二年生もひとつぐらい何か作るといいな。汁物とかデザートとか……」

「デザート！」

ヨッシャーとばかりに不知火が腕まくりをする。末那高祭でスコーン作りに嵌《は》まったあと、すっかり小麦粉教に入信してしまった彼にとって、『デザート』ほど魅力のある言葉はない。夏休みもしっかり自主練したようだし、かなり期待できるものを作るのではないだろうか。

汁物は自分と優也で引き受けよう。味噌汁も吸い物も何度も作ったことがあるから、失敗はしないはず。大地は、テーブルの上にずらりと並んだ料理を想像して、にんまりと笑った。弁当、汁物、デザートが揃うなんて素晴らしい！

かくして、あらゆる意味で美味《おい》しい『包丁部引退セレモニー』の開催が決定された。翔平は早速レシピノートを取り出して颯太に優勝弁当のレクチャーを始め、不知火と優也はレシピ本をひっくり返し、メニュー決めに勤しんでいる。

その日、放課後の調理実習室からは、包丁部員たちの賑《にぎ》やかな声がいつまでも聞こえていた。

＊

「すっげえ……」

見た瞬間、その一言しかでてこなかった。

それぞれの目の前には同じ大きさのふたつの容器が並べられている。片方にご飯、もう片方にはおかずという二段重ねの弁当は、まさに『男子』に相応《ふさわ》しいボリュームだった。

朝一番で調理実習室に駆け込んだ翔平は、始業前に出汁《だし》や野菜の灰汁《あく》抜きといった下準備を済ませ、昼休みに米を洗い、放課後に合わせてタイマーをセットしたらしい。

大地が授業を終えて調理実習室にやってきたときには、炊飯器から水蒸気が立ち上り、醤油《しょうゆ》独特の香りが部屋に満ちていた。
一、二年生たちは、やったー！　翔平先輩の五目飯だ！　と大喜びだったが、目の前の弁当箱に詰められていたのはただの五目飯ではなかった。五目飯の上に、ものすごく肉厚な鶏の照り焼きがのせられていたのだ。
おかずがぎっしり詰められた容器も添えられているのに、なんという贅沢《ぜいたく》さだ、と目を見張ってしまう。ご飯と照り焼きの上には、ところどころにサヤインゲンの千切りが散っている。おかずの容器のほうも茶色、緑、赤、黄色、白……と鮮やかな彩り。視覚からも食欲を刺激され、優也がごくりと生唾《なまつば》を呑《の》んだ。

翔平が再現した弁当男子コンテスト優勝作品は、ボリュームたっぷりで見た目も美しく、これなら満場一致も頷《うなず》けるという出来だった。もちろん、味なんて問うまでもない。これまで翔平が作って旨《うま》くなかったものなどひとつもなかったのだから……

大地は目の前に出された弁当箱に見入りながら、本当に食べていいのかどうか迷ってしまう。

これほど完璧に作り上げられた弁当をがつがつと食って終わりなんて、ものすごい暴挙に思えてならなかったのだ。かといって、一箸《ひとはし》一箸味わって、なんて悠長なことをやっている余裕はない。きっと食べ始めたが最後、怒濤《どとう》の勢いで食べきってしまうに違いない。

「用意が調いました。それでは、お召し上がりください」

「いただきまーす！」

サービス係だった颯太の音頭で、みんな揃って手を合わせた。

弁当箱の横には大地と優也が作った吸い物の椀《わん》がある。

具はナスと玉子、出汁は昆布とカツオで基本どおりに取ったし、軽くとろみも付けた。残暑も真っ盛りの九月、しかも気温も上がりきった午後に食べるのだから、と昼休みに作ってしっかり冷やしておいたので喉越《のどご》しは抜群のはずだ。

とりあえず、自分の作品の出来具合を確かめて……ということで、大地は椀の蓋《ふた》を取った。少々塩気が勝っていたものの、誰からも指摘の声は上がらず、まずは一安心。冷たい吸い物が喉を通っていく心地よさを味わったあと、大地はそっと両隣の不知火と優也を窺《うかが》った。

どちらも弁当に箸を付けようとはしていない。大地と同じく、この完璧な弁当を食べてしまっていいのかどうか悩んでいるのだろう。

そんな中、ひとり脳天気だったのはミコちゃん先生だった。

「おー！　これがあの満場一致の優勝弁当か！　さすがに旨そうだ！」

元気に言い放ったあと、ミコちゃん先生は箸を取り、だし巻き玉子を挟み上げた。

「さてこれは甘いのか甘くないのか、どっちかなー？」

言うが早いか、だし巻き玉子を口に放り込み、もぐもぐと咀嚼《そしゃく》。ごくんと呑み込んで大きく頷いた。

「おー甘い！　これは関西風なんだな」

「今回はボリュームたっぷりの男子弁当。味も夏向けにしっかり濃く付けてありますから、途中で甘みが欲しくなる可能性もある、ということで関西風のだし巻きに致しました」

すかさず颯太が入れた説明に、ミコちゃん先生は大きく頷いた。

「なるほど。私はまた、開催地が大阪だったからそっちに合わせたのかと思ったよ」

「開催地は大阪でも審査員は全国から来てるんだから、そんなことしても意味ありません」

単純に味のバランスの問題だ、と翔平は少し不機嫌そうに言う。きっと、審査員に媚《こ》びたように取られたのが面白くなかったのだろう。

だが、翔平の不満そうな顔を見てもミコちゃん先生はどこ吹く風だった。

「日向は相変わらずだなあ。でも、客層を見るって大事なことだぞ。今回はたまたまコンテストだったから試食する人間も様々だったかもしれないが、関西と関東じゃ好きな味付けも違うし、東北とか沖縄とかだったらもっと違うだろう。そのあたりを考慮して味を付ける必要もあるんじゃないか？」

もしもおまえが将来料理関係の職に就くつもりならなおさら、とミコちゃん先生は主張した。ところが、翔平はさらに納得がいかない顔になる。

「……でも、飲食店は基本的にその店の味ってものがあって、それが気に入るか、気に入らないかじゃないですか？　気に入らなければもうその店には行かないってだけです。いちいち客に合わせて味を変えるなんて、やってられません」

「ですよね……」

大地は翔平の意見に全面的に賛成した。颯太も優也もうんうん、と頷いている。

翔平の言うことは正しい。予約ならともかく、その日、どんな客がやってくるかなんて予想しきれるわけがない。ふらりと訪れた客がどこの出身で、どんな味を好むかなんて知りようがない。言葉や話題から見当をつけて、当てずっぽうに味付けを変えてみたところで、それが気に入られるとは限らないのだ。それならば、店の味をきちんと守り、『うちはこういう味付けです』と勝負していくしかないではないか。

そんな中、ひとりミコちゃん先生サイドに立ったのは不知火だった。

「でもそれって、老舗《しにせ》とかの最初からしっかり『うちの味』が決まってる店のことですよね？」

「老舗じゃなくても『うちの味』ぐらいあるだろう」

ぶすっとしたまま翔平が言い返した。

「この店はこういう味付けと決まらないままに料理を出されたら、客だって困る」

「そりゃそうですけど、駆け出しの店の場合、その味が評価されるとは限らないじゃないですか」

なんとかガイドに載っているような店であれば、ある程度の客の支持があり、リピーターだって相当数ついている。だからたとえ『うちの味』が気に入らない客がいたとしても、合わないだけだと思えるだろう。だが、駆け出しの、そういう固定客が全然ついていない店の場合、頑《かたく》なに『うちの味』を守り続けた結果、味が合わない客ばかりになって潰《つぶ》れてしまう可能性もある。

自分の店の客層を考え、彼らの気に入る味に変えていく必要はあるのではないか、と不知火は言うのだ。

「日向先輩が最初からすごい老舗に修業に行くっていうなら話は別ですけど……」

「そうそう、そういうこと。まあ、老舗が悪いとは言わないが、そうじゃないところに入ったり、自分の店を開いたりした場合は、ちょっと考える必要があるってことだ」

ミコちゃん先生と不知火は店というのは客がいてこそのもの、置き去りにしては駄目だと力説した。

「……一理ありますね」

なるほど、と深く頷き、翔平は後ろめたそうに笑った。

「始めに客ありき、を忘れちゃ駄目ってことだな」

「旨いものは誰が食っても旨いってわけじゃないですからね」

「サンキュ、不知火。覚えとく」

「……ってか、翔平。おまえ、料理方面の職に決定なの？」

いきなり颯太に質問され、翔平はこくんと頷いた。

「そのつもり」

「え、じゃあ専門学校とか行くの？　大学はパス？　それにしては選択科目が……」

颯太は翔平がどんな科目を選択しているかまで把握しているらしい。仲のいいふたりだから当然かもしれないが、体育館や実技関係の実習室の使用状況まで調べ上げて時間割を作っているような人だから、単なる興味本位かもしれない。あるいは自分が忘れ物をしたときの対策とか……

颯太先輩は抜かりがないから、そっちの可能性のほうが高いな……なんて考えながら、大地は会話の行方を見守った。翔平が目下、どんな進路を考えているかというのは、受験を来年に控えた大地にはとても気になるし、一年生ふたりも同じだろう。

翔平はしばらく一点を見つめていた。だが、やがて、全員の視線が自分に集まっていることに気付き、ぽつりぽつりと説明を始める。

「俺はずっと、就職と進学って一線上になくちゃいけないと思ってたんだけど、どうにもそれが上手くいかなくてな。ほら、よく進路指導で言われるじゃないか。将来就きたい仕事を考えて大学を選べ、とかさ」

将来は食に関する仕事がしたい。しかも食品関係のメーカーや研究所に入るとかではなく、自分が作った料理を誰かに食べてもらうことで生計を立てたい。料理の道を目指すのであれば、大学に進学するよりも専門学校で技術を身につけたほうが手っ取り早いかもしれない。

そんな思いはずっと抱いていたものの、料理の道で生きていく自信なんてなかった。しかも、末那高校はもともと進学校だから、大多数の生徒は大学に進学する。そんな中で、自分だけが専門学校を目指すというのは、疎外感が大きい。受験勉強から逃げるようでやましさすら感じてしまっていた、と翔平は言う。

ところがミコちゃん先生は、そんな翔平の思いをぶった切った。

「馬鹿だなあ……日向。そんなことでやましさを感じる必要なんてないぞ」

「でも……みんなは一生懸命勉強して……」

「おまえは料理が好きなんだろ？」

「もちろんです」

「受験勉強が嫌で専門学校に、って言ってるわけじゃないよな？」

「はい」

「だったらやましくなんてない。目指す仕事に一番早く辿《たど》り着く方法を選ぶだけのことじゃないか。大学で料理の腕が磨けるなら別だが、そうじゃないならストレートに専門学校に行って悪いはずがない……って、話、前にもしなかったか？」

そこでミコちゃん先生は、翔平の顔をじっと見た。

翔平が微《かす》かに頷いたところを見ると、以前、同じような話を聞かされていたのだろう。

「確か二年生の夏前でしたよね。そろそろ三年生の履修科目を決めなきゃ……ってころ」

「そうだったな。けっこう時間をかけて話したはずだし、もしも親や担任がつべこべ言うようだったら私からも説明するって……」

いずれにしても履修科目は決めなければならないのだから、自分の興味がある科目を取ってみればどうか、と助言をした。その結果、翔平が選んだ科目は大学進学を目指す生徒と大差ないものだったが、ミコちゃん先生は、それが本人の意思なら口を挟むことではないと思っていたそうだ。

一度は納得したのであれば、なぜ今になってまた同じ話を持ち出すのか、とミコちゃん先生は怪訝《けげん》な顔になった。

翔平は、また少し黙ったあと、なんだか照れくさそうに話し始めた。

「あのときはそう思ったんです。先生がおっしゃることは正しいって。でも、三年になってみんなと同じように勉強しているうちに、なんだか面白くなってきて、大学に行きたい気持ちが出てきて、でもやっぱり料理の道に進みたいって気持ちも捨てられなくて」

随分長い間悩んだのだ、と翔平は言う。

「授業を聞いているのは面白かったけど、復習とか問題演習とか全然やらないから成績はどんどん下がるし、ある日親父《おやじ》に呼ばれて……」

受験勉強に身を入れなければならない時期なのに、おまえはいったい何をやっているんだ、と叱《しか》られたらしい。厳しい口調だったけれど、心配してくれている気持ちが十分伝わってきて、翔平はとうとう自分の悩みを打ち明けたそうだ。

「で、どうなった？　やっぱり反対されたか？」

進学校に在籍する息子が専門学校に行きたいと言い出したら、大抵の親は動揺する。大学と専門学校の優劣ではなく、既定の路線から外れていくことに恐れを抱くものだ、とミコちゃん先生は言う。なんなら説得に……と、ここでもミコちゃん先生は助力を惜しまなかった。

そんなミコちゃん先生に、感謝の籠《こ》もった眼差《まなざ》しを向けながらも、翔平は首を横に振った。

「親父は賛成でも反対でもなかったんです。迷ってるなら両方取れって……」

「両方？　なにそれ……」

颯太が呆れたような声を上げた。

「両方ってどういうこと？　大学行きながら専門学校に行けってこと？　それはあまりにも無茶だろ」

「さすがにそれはない。でも順番にならできるだろうって」

将来この道で食っていきたいという職業がある。それが料理だというのはものすごくラッキーだ。料理で身を立てるために、かならずしも大学の学問は必要ではない。大学でまったく違う分野の勉強をしても、そのあと専門学校に行けば技術を身につけることができる。

「だから、もういっそ就職のことなんて完全に切り離して、まず大学に行って、そのあと専門学校に入り直すなり、どこかの料理屋に修業に行くなりすればいいって言うんです」

「お母さんはなんて？」

「まあ、似たり寄ったりですね」

「翔平ん家《ち》は太っ腹だなあ……」

颯太が思わず漏らした言葉に、周囲はみな大きく頷く。

迷っているなら両方取れ、なんて言ってくれる親はそうそういない。特に母子家庭で、経済的に豊かとは言えない颯太にしてみれば、羨《うらや》ましいばかりだろう。

大地にしてもそうだ。颯太と違って両親は揃っているものの、夫婦として微妙に上手くいっていない。原因は主に病気療養中の父方の祖母の介護だ。仕事を持っているのに、週末ごとに祖母の家に通わなければならない母はへとへと。すべてを母に任せっきりにしている父への不満が募り、片方が右と言えば、もう一方が左と言い出しかねない状況である。

大学に行ってから専門学校に行くことをどちらかが認めてくれたとしても、もう片方が大反対を始めそうだ。

両親が同じような考え方で、その上、経済的にも不安がないなんて贅沢すぎる話だった。

だが、翔平は、それがそうでもないんだ、と苦笑いをした。

「金なら任せとけ、とか言うならそのとおりなんだけど、うちの親父はそうじゃない」

専門学校にかかる学費はとりあえず出してやる。但し、就職して稼ぐようになったら少しずつでもいいから返すように、と厳命されたらしい。

「しかも、万が一大学で留年とかしたらその分も加算するってさ」

「素晴らしい！」

ミコちゃん先生が拍手喝采した。ただ甘いだけの親かと思ったら、ちゃんと箍《たが》の締め方も知っていると大絶賛である。翔平は苦笑しながら続けた。

「たぶん、親父としては大学にいる間に方向転換するもよし、その後専門学校に行って料理人になるもよし、いずれにしても目の前の受験勉強にしっかり取り組んでくれってことなんだと思う」

「かっこいいですね……日向先輩のお父さん」

何でもかんでもこき下ろしたがり、口を開けば皮肉ばかりの不知火まで感心させる翔平の父親。是非ともお目にかかってみたい、と思ったのは大地ばかりではないだろう。

「ということで、俺は大学経由で料理人になることにしたんだ」

長話して申し訳なかった、さあ食べてくれ、と翔平はみんなに弁当を食べるよう促した。けっこう時間が経《た》ってしまっていたが、冷めることが前提に作られた弁当だっただけに、どの料理も絶品だった。

「この飯の上にのってる鶏、何でこんなに柔らかいんですか?」

「こちらは下味を付けるときに、ジュースを入れております。そうすることで鶏肉が柔らかくなりますし、風味もぐっと増すのでございます」

優也の質問に答えたのは颯太だった。わざわざ立ち上がって一礼してから説明し始める姿に、ミコちゃん先生が爆笑した。

「見事だな、月島。だが、なにもそこまでやらなくても……」

「ちゃんと説明もしろって言ったのは先生じゃないですか。翔平から、調理法とかちょっとしたコツとか聞き出すの大変だったんですよ」

「まあそうだろうな。日向は『んなもん、適当だ!』とか言いそうだし」

「ビンゴです。『翔平オリジナル』の料理はいっぱいあるけど、こいつ、絶対レシピ集とか作れないですよ。調味料とかぜーんぶ勘だもん」

「失礼だぞ、颯太。俺のは歴《れっき》とした『目分量』だ」

憮然《ぶぜん》としながら言い返した翔平に、ミコちゃん先生はまた爆笑した。

「歴とした目分量！　そんなの聞いたことない！」

「ほっといてください」

「まあ、なんでもいいよ、美味しければ。で、ジュースって、なんのジュース？」

「果汁百パーセントのパイナップルジュースです。冬ならリンゴを擂《す》って入れてもいいんだけどさすがに夏は……」

「なるほど……酵素作用ですね」

不知火がふむふむと頷いている。酵素作用だかなんだか知らないけれど、果物が肉を柔らかくするというのは聞いたことがある。パイナップルジュースを使ったというのは意外だけれど、パイナップルそのものを使って肉を柔らかくするレシピはたくさんあるはずだ。

「鶏肉の照り焼きを炊き込みご飯の上にのせるって、すごく贅沢ですよね」

優也は鶏肉とご飯を一緒に口に入れて喜んでいる。鶏の照り焼きの下にあるのは、ゴボウがふんだんに入れられた五目飯。翔平お得意の一品だった。但し、いつものようにお茶漬け目当ての濃い味付けではなく、むしろ薄味に仕上げられている。具の量も控えめ、かつ細かく刻まれているのは、上にのせた鶏の照り焼きの主役感を失わせないためだろう。

「五目飯の上に鶏の照り焼き。それだけでも十分なのに、こっちのおかずパートがまた……」

実はこの弁当、コンテストの際は二段重ねのまげわっぱを使ったそうだ。今時よく見るタイプの弁当箱ではあるが、さすがに包丁部員とミコちゃん先生を合わせて六個という数は用意できず、やむなく同じ大きさのプラスティック容器をふたつ並べた。

翔平にしてみれば、使い捨て容器なんて勘弁ならない気持ちなのだろうけれど、これはつかりは仕方がない。全員が頭の中で、プラスティック容器をまげわっぱの弁当箱に置き換えることを約束しての開催と相成った。

ふたつの容器の片方に鶏の照り焼きをのせた五目飯、もう片方にはおかずがぎっしり詰め込まれている。いかにも男子向き、がっつり系のご飯部門に対して、おかずのほうは見るからに繊細、カラフルでいかにも女の子が好みそうな仕上がりだった。

ミコちゃん先生が真っ先に箸を伸ばしただし巻き玉子は見事の一語に尽きた。鮮やかな黄色、ほのかというよりも、かなりはっきりした甘みの中に、カツオ出汁の香りが漂う。舌でも潰せそうな柔らかさは、使った出汁の量を証明している。表面がきれいに光っているのはみりんの効果と思われる。これを焼いたのがこの筋骨隆々の高校生男子だなんてさぞや審査員たちもびっくりしたことだろう。

お次は野菜の含め煮。幕の内弁当などに入れられている煮物の場合、色をきれいに出すために調味料を控えすぎ、なんだか素っ気ない味になってしまっていることが多い。けれど、翔平の含め煮は色もきれいで味もしっかりついている。

颯太の説明によると、昆布出汁をベースに塩と酒、みりんで味を調え、薄口醤油で風味を出したらしい。椎茸《しいたけ》、人参、里芋、筍《たけのこ》……すべてに美しい飾り包丁が施され、包丁部ここにあり、と言わんばかりだった。

鶏の照り焼き、五目飯、だし巻き玉子、野菜の含め煮……とくれば、これは和風弁当だ、と思うかもしれない。男子高校生が作ったにしてはすごいけれど、ちょっと大人向けすぎはしないか……と。

だが翔平の弁当は、ただの和風弁当に止《とど》まらない。その証拠に、野菜の含め煮の隣に入っているのはアスパラの豚肉巻きフライ、そしてイカの揚げ物だった。

揚げ物が入っていない弁当なんて、と堂々のフライ導入。それでも素材はビタミンたっぷりの豚肉、イカやアスパラといったヘルシーなものを使っているあたり、いかにも筋トレ命、健康管理に余念がない翔平らしかった。

「うわ、これ懐かしい！」

イカの揚げ物を食べたとたん、大地は思わず叫んでしまった。翔平がにやりと笑う。

「給食で出ただろ？」

「そうそう、給食！」

優也も嬉しそうにイカを頬張《ほおば》った。不知火や颯太も懐かしそうに食べているところを見ると、皆覚えがあるのだろう。ただひとり、仰天したのはミコちゃん先生だ。

「あ、なにこれ！　パン粉じゃないとは思ったけど、衣がクラッカーじゃないか！」

驚いたところを見ると、彼女はこのメニューを知らないらしい。それが年代によるものか、地域によるものかはわからないが、いずれにしても触れないほうがよさそうだ。

ともあれ、この衣がクラッカーだと見破ったのはさすが。つくづく、彼女に、天才的な舌に相応しい再現力が、備わっていないことが惜しまれた。

「ほんと、ミコちゃん先生の舌って無駄としか言いようがないですよね」

優也がこっそり囁《ささや》いてきた。

ご飯とおかずを平らげたあと、容器には果物だけが残った。コンテスト当日はイチゴとメロンとオレンジを詰め込み、おかず部門をさらに華やかに仕上げたそうだが、あいにくイチゴもメロンも旬《しゅん》を外れた。やむなく柿と緑のブドウを使ったが、やはりイチゴの赤には及ばないと翔平は不満げだった。それでも、柿もブドウも甘さは格別、果物は旬に限ると絶賛を受け、さらに、この弁当はダイナミックさと繊細さを兼ね備えた素晴らしい仕上がりで満場一致は当然、という評価を得て、ようやく翔平は額の皺《しわ》を消した。

その後、部員たちは和やかに食事を続け、弁当箱も吸い物の椀もきれいに空になった。実は大地と優也の合作、ナスと玉子の吸い物は、少々塩辛かった。味見をしたときはちょうどいい味加減だったはずなのに、なんでこんなことに？　と首を傾《かし》げていたら、翔平から指導が入った。

「冷やすと塩分が濃く感じられるようになるんだ。冷たい料理はその分、味付けを控えなきゃな」

なるほど、そういうわけか……これは失敗……と落ち込んだが、冷たい吸い物という珍しさに助けられ、批判を浴びることはなかった。やれやれ……と思っていたところで、真打ち登場と言わんばかりに不知火がデザートを出してきた。

「え……なんか意外だな……」

翔平が首を傾げた。

小麦粉教信者である不知火のこと、きっとケーキとかタルトの類《たぐ》いを出してくるとばかり思っていた。だが、小ぶりな丸皿の上に鎮座していたのは直角三角形の和菓子だった。薄緑色をしているから抹茶を使ったようだし、表面に散らしてある小豆との相性は言うまでもない。だが、これはあまりにも不知火らしからぬチョイスだった。

「不知火、さすがにこれは季節違いじゃないのか？」

ミコちゃん先生が渋い顔になった。季節違いとまで言うのだから、彼女はきっとこの和菓子を知っているのだろう。

「これって水無月のアレンジだよね？　確か、六月のお菓子だったはずだけど」

さすが末那高の雑学博士だけのことはある。颯太もこのお菓子のことを知っていた。料理全般に造詣《ぞうけい》が深い翔平は言うまでもなかった。

「水無月は六月三十日、京都の夏の厄払いの日に食べるお菓子だ。ういろうの表面に小豆をのせて作るんだったな」

「そうです。昔、庶民にとって氷は手の届かない貴重品でした。本物の氷に似せて作られたのがこの三角形のお菓子だそうです」

翔平の説明に、不知火がしたり顔で追加をする。大地はますます疑問が抑えられなくなった。

「おまえ、そこまでわかってて何でわざわざ？　まだ残暑真っ盛りとはいえ、今日はもう九月の半ば過ぎ……」

「と、思うのは皮相《ひそう》の見《けん》、素人の浅知恵って奴ですよ、勝山先輩」

なんだとこの野郎！　と思わず胸ぐらを摑《つか》み上げたくなった。

包丁部に入って小麦粉教に入信する前、不知火は語源研究に打ち込んでいた。おそらく今も彼の語源研究への熱意は失われていないらしく、言葉の端々に聞き慣れぬ四字熟語や諺が入り込む。『ヒソウノケン』なんて言葉は聞いたこともないし、どんな字を書くかすらわからないけれど『素人の浅知恵』ぐらいわかる。本人がそのつもりなのかどうかわからないけれど、要するに馬鹿にされているということだ。

「不知火、その言い草はないだろう。今回の場合、間違ってるのは明らかにおまえだ」

ミコちゃん先生が珍しく指導的な発言をして、周りは一斉に頷く。ところが本人は何食わぬ顔でまた説明を始めた。

「水無月はその名のとおり六月、正しくは三十日の夏越祓《なごしのはらえ》に食べるべきお菓子です。今は九月だから季節違いだという指摘は間違っていません」

「だよね？　だったら……」

「月島先輩、今日のイベントはなんでしたっけ？」

「……引退セレモニー……」

「それって本当はいつ開かれるべきものでした？」

「そりゃあ末那高祭が終わったあと……あっ！」

颯太が痛恨のエラーを犯したような顔になった。一方、不知火は得意満面。大地には、まるで彼の鼻が一センチほど高くなったように見えるほどだった。

「本来、三年生の部活引退は六月末。なるほど……不知火はそれに合わせたのか……」

「小豆には厄払いの意味があるそうです。ぱーっと厄を払って、受験に向かってもらえばいいかなあ……と」

不知火の説明に、翔平やミコちゃん先生は大いに感心。しきりに頷いている。

なんだこいつ……ひとりで点を稼ぎやがって……

思わず苦い気持ちが湧《わ》いてきた。自分たちが作った吸い物は、着眼点に助けられたとはいえ、明らかに味付けを失敗していただけに、悔しさを抑えきれなかったのだ。

ところが本日の相方、優也は平然としたものだった。皿の上の水無月をじーっと観察していたかと思ったら、おもむろに訊《たず》ねた。

「ねえ、不知火……これ、本当に本当でちゃんとした水無月？」

「え……だって見るからに……」

翔平は自分の言葉を途中で切って、もう一度皿の上の菓子に注目した。しばらく凝視していたあと、ふう……と息を吐く。

「見ただけじゃわからんな」

大地も目の前の皿を持ち上げて、水無月の断面を観察した。だが、どれだけ睨んでみてもちゃんとした水無月かどうかなんてわからない。これは食べてみるしかない、ということで一同は薄緑色の水無月を、添えてあったフォークで切り取り口に運んだ。

「やっぱりこれ、小麦粉じゃん！」

優也が、鬼の首を取ったように叫んだ。

さっき翔平は水無月というのはういろうの上に小豆をのせて作ったお菓子だと説明していたが、これはどう考えてもういろうじゃない。小豆の下、台となっている部分はどら焼きやカステラといった小麦粉系のお菓子の食感だった。

「もっともらしいことを言ってたけど、実は夏っぽいお菓子で、小麦粉を使えそうなのがこれしか見つからなかったんじゃない？」

あまりにも的を射た指摘だった。全員の目が不知火に集まり、不知火は気まずそうに目を逸《そ》らす。

「ばれたか……」

「引退セレモニーが六月だから、っていうのは、後付けなんだよね？」

「……正解」

「やっぱり！　ずるいぞ不知火！」

さも、そこまで考えたんですよー、みたいなことを言っておきながら、本当は小麦粉を使ったお菓子を作りたかっただけなんて……

大地は、不知火の小麦粉教への信仰の厚さに感心、いや呆れ果てるとともに、わざわざそれを指摘した優也もいかがなものかと思う。

不知火の説明は道理に適《かな》ったものだったし、三年生のために厄払いのお菓子を、という心遣いも悪くない。引退セレモニーというおめでたいイベント。後輩からの贈り物という意味で花を持たせてやってもいい場面ではあった。それなのに、優也は情け容赦なく暴き立てた。

おそらく、武士の情けと目を瞑《つむ》るには普段の不知火の言動が癪《しゃく》に障りすぎていたのかもしれない。そうだとすると、不知火の自業自得と言えなくもなかった。

その後、引退する三年生ふたりの挨拶《あいさつ》など交えながら、各自がデザートを平らげた。

米粉が小麦粉に化けていたとはいえ、抹茶の香りが漂う水無月は概《おおむ》ね和食に傾いた翔平の優勝弁当、微妙にしょっぱすぎた吸い物との調和もばっちり、台の部分のもっちりとした食感と小豆の柔らかさが対照的かつ控えめな甘さが後を引く逸品だった。

作業自体は難しくはないと翔平は言うが、これを作ったのが不知火だと思うと、大地はちょっと穏やかではない。優也も不知火も料理に関しては全くの門外漢、技量は半年以上先に入部した自分のほうが上だと思っていたのだ。

今回、優也は自分と合作だったし、大した働きもしていないからいいようなものの、不知火に関しては『出し抜かれた感』が半端じゃない。性格的にも、不知火はもちろん優也だってかなりの曲者《くせもの》だ。

俺……本当に大丈夫かな……。

大地はひそかにため息をつく。

形式上引退していたとはいえ、翔平も颯太も毎日のように調理実習室に顔を出していた。実際に料理をすることはないにしても、その場にいてくれたことで、これまでの包丁部と何ら変わらないような気になれた。人によっては、前部長に顔を出されるとやりにくい、なんて感じるのかもしれないが、大地の場合はそうした思いは皆無。ふたりの受験勉強を心配しつつも、困ったときにすぐ訊《たず》ねられる先輩がいてくれることをひそかに喜んでもいたのだ。

でも、『引退セレモニー』が終わった今、ふたりはもう調理実習室にはやってこない。ごくたまに顔を出すことはあっても、今までのように連日ということはない。ここから先は、本当に三人きりでの活動となるのだ。

翔平は優也に『鍋は裏側までちゃんと洗え！』なんて仁王立ちで指導している。颯太は颯太で、何もかもまとめてゴミ袋に突っ込もうとした不知火に、これは資源ゴミだからね、と弁当に使ったプラスティック容器を分別させていた。

これからは俺が包丁部を引っ張っていかなきゃならない。もっとしっかりしなくちゃ……でも、この侮れないふたりを抱えて、ちゃんとやっていけるんだろうか……。三年生が引退したらまた部員が足りなくなる。新しい部員も探さなきゃならないのに……

三年生の指導の下、せっせと後片付けをしている優也と不知火を眺めながら、大地は言い知れぬ不安を感じていた。

第二話

差し入れは蜂蜜たっぷりマドレーヌ

「大地先輩、大変です！　『キングオブいい人』がピンチです！」

そんなことを叫びながら、優也が調理実習室にやってきたのは、十月に入ってすぐのことだった。

誰だよ、キングオブいい人って、と訊ねるより早く、優也は勝手に話を続けた。

「バレー部の金森《かなもり》さん、退部するらしいですよ！」

「え……なんで？　だってあいつ、バレーが大好きで中学からずっとあのボールから手足が生えたキャラを追いかけまくって……」

「大地先輩、キャラの追っかけとプレイは別でしょ」

「いや、金森は本当にバレーが大好きで、自分がプレイするだけじゃなく、観るのも好きだし、教えるのだって大好き。バレーと名がつきさえすればそれでOKなんだ」

強豪運動部ぞろいの末那高校において、バレー部もその例外ではない。県大会ベスト4

入りは当たり前、インターハイにだって何度も出場している。当然練習は厳しく、休みなんて月に一度あればいいほうだ。そんな貴重な休みですら、金森はわざわざ出身中学に赴いているらしい。

　後輩と練習したところで技術的に得るものがあるとは思えないけれど、金森はとにかく『バレーがしたい』という一念で練習に参加しているそうだ。

　そんな金森がバレー部をやめるなんてありえない。悪質なデマとしか思えなかった。

「そんなくだらない話、誰から聞いてきたんだ？」

　馬鹿馬鹿しいと思いながらも、大地は優也に訊ねた。金森には末那高祭でさんざん世話になったし、それ以外でも助けてもらってばかりだ。彼について変なデマが飛び交うのは許せなかった。

「俺のクラスのバレー部の奴からです。金森さんって今、副部長なんですってね。でもマネージャーとかへの指示は全部金森さんが出してるらしくって、あの人がやめちゃったらバレー部はパニックだ、って大騒ぎだそうです」

「……バレー部から出た話なのか……。じゃあデマってことは……」

「ありえません。みんな本当に困った困ったって……」

　いないと困る人がやめるなんてデマ、流す意味がありません、と優也は断言した。反論の余地もないとはこのことである。

「うー……何があったんだ金森……」

「突然バレーが嫌いになったとか？　あるいは……故障……したとか……」

微妙に言いよどんだのは、大地が陸上部をやめた原因が膝の故障だと知っているからだろう。

「そんなに気を使わなくていいよ。俺、その問題はとっくに乗り越えたから」

「ならいいんですけど……」

確かに、一時は走っている人間を見るのも嫌なぐらいだった。包丁部に入部した理由のひとつも、中庭に面した調理実習室にこもっていれば、運動場で練習している陸上部員たちを見なくて済むと思ったことにある。

そんな大地だったが、今では時々ジョギングもするようになった。きっかけをくれたのは目の前にいる優也だった。

長距離の選手としては無理でも、楽しみのために走ることはできるだろうと言われたことで、ただ走ることが好きで、記録云々《うんぬん》など関係なしに、楽しんでいた自分を思い出せた。

夏休みに入って、ジョギングぐらいなら、としまい込んだシューズを持ち出して走ってみた。ずっと走っていなかったこともあって、汗は猛烈に噴き出すし、スピードだって全然上がらなかった。でも、家の周りをぐるりと走って帰ってきたときの爽快感《そうかい》といったらなかった。

痛みを感じる前にやめなくては、と短い時間しか走らなかった。距離にして一キロもなかっただろう。そのことで、かえって『楽しい』という印象だけが残ったに違いない。

ああ……俺、まだ走れる。走るのが楽しいって思える……

その後、大地は、週に二度というペースを守り、ジョギングを続けた。夏休みが終わった今も、早朝、五時半起きで走っている。

もう二度と走れない、走らないと思ってシューズを押し入れの奥に突っ込んだあのとき、こんな日が来るなんて思ってもいなかった。

「おまえには本当に感謝してる。楽しみでなら走れるって言ってくれてありがとうな」

「そんなこと……」

突然礼を言われて、優也は面食らったような、照れたような顔になった。大地はにっこり笑って続けた。

「スポーツ選手だから、故障が原因というのは考えられなくもないな……一度、話を聞いてみるよ」

金森には自分みたいな思いをしてほしくない。でも、もし故障が原因だとしたら、彼の気持ちを一番理解できるのは自分かもしれない。

そう考えつつも大地は、金森の退部が噂にすぎないこと、そしてもしもそれが本当だったとしても、とにかく原因が故障ではないことを祈るばかりだった。


翌朝、昼休みにでも金森のクラスを訪れてみようかな、と考えながら駅から学校までの道を歩いていた大地は、目の前を当の本人が歩いているのを発見した。

「かっな、もりー！」

大地はいつもどおりに元気いっぱい、というよりもやや乱暴よりに金森の首の後ろから腕を回す。ほぼラリアットにしか見えないこの仕草は、大地はもちろん男子高校生の間ではごく普通の挨拶だった。

ところが、いつもなら『おおっ！　勝山君！　おはよ！』なんて、にこやかに応《こた》えてくれる金森が、今日に限ってぼんやりと力のない眼差しを向けてくるだけ……

「どうした？　なんか元気ないじゃん！」

大地は、十中八九、バレー部退部の件だろうな、と思ったものの、あえて知らないふりで訊ねてみた。

「うん……まあ、ちょっといろいろね……」

金森は曖昧《あいまい》に頷きながらも、ちょっと迷う様子を見せる。おそらく、相談に足る相手かどうか見極めようとしているのだろう。

いつも世話になってるのに、こいつが困ってるときに愚痴を言う相手にもなれないのか……と落ち込みそうになったとき、金森が意を決したように口を開いた。

「あのさ……今日の昼休み、時間ってあるかな？」

「お？　もちろん！　っていっても、トイレの神様に招喚されなければだけどな！」

あえて冗談交じりに言葉を返す。一年生のとき同じクラスだった金森は、食べたら出すという大地の単純な消化器構造をよく知っている。昼休みの半ばから終盤にかけて、セルフで雪隠《せっちん》詰めになっていることも先刻ご承知で、トイレ云々の話にストレートに笑った。

「相変わらずだなあ……。じゃあ、トイレの神様に呼び出されなければってことで」

「あ、それより、昼飯一緒に食おうぜ。どうせ四時間目、芸術科目だし」

金森は成績優秀者を集めた特進クラスに所属している。当然、落ちこぼれ寸前の大地とは縁のないクラスだが、体育や芸術科目に限っては同じ授業を受けることもある。芸術科目はふたりとも音楽を選択していたため、今日の四時間目は同じ教室、そのまま昼ご飯も一緒……というのが大地の提案だった。

「天気がいいから屋上で弁当食おうぜ」

「いいね。じゃあ、そういうことで」

ちょうどそこで校門に到着し、ふたりは下駄箱で右と左に分かれた。

大地は、彼の問題がなんにせよ、相談あるいは愚痴を言う相手として、自分を選んでくれたことが嬉しかった。たとえそれが、たまたま登校の際に一緒になっただけという理由、しかも大地から水を向けた結果であっても、こいつに話してみようか……と思ってくれたこと自体、喜ぶべきことだった。

だがそんな大地の喜びは、昼休みの屋上で金森の事情を聞いたとたん、ものの見事に消え失《う》せてしまった。

結論を言えば、金森がバレー部を退部するという噂はほぼ真実。しかも、原因は故障等の本人に由来するものではなく、完全に家の事情だった。

「俺んち、店をやってるんだ……」

金森の話は、いまさら何を、と言いたくなるような台詞から始まった。

金森はバレーが大好きで部活に熱中する一方で、包丁の手入れという趣味も持っていた。高校生の趣味にしてはあまりにも渋すぎるが、彼の家が調理用具や食器を中心に扱う金物屋で、包丁研ぎも請け負っている影響からだろう。

金森は末那高祭のとき、助っ人をするかわりに調理実習室の包丁を研がせてやる、なんて上から目線の依頼を喜々として引き受けた。おかげで現在、末那高の調理実習室にある包丁はすべてピカピカ、完熟トマトだってスライスし放題という素晴らしさだ。

父親直伝だという包丁研ぎの技術の高さは、彼の家が金物屋であることの証明で、調理実習室の包丁を使ったことがある生徒で金森の家が金物屋だと知らぬ者はいないほどだった。もちろん、一年生のときから金森をよく知っている大地は言わずもがなである。

「知ってるよ。おかげでうちの包丁の切れ味は抜群。翔平先輩なきあと、本当に助かってる」

金森は『なきあと』という言葉にひとしきり笑ったあと、ふっとため息をつく。

「で、その店なんだけど……ちょっとまずい状況なんだ」

「まずいって……経営的に？」

「そう。一昨年、うちの近所にホームセンターができたんだ。それだけでもダメージがでかかったのに、去年、百均まで……。勝山君も知ってると思うけど、最近の百均って本当に何でも売ってるし、そこそこ使える道具も多いんだ」

プロの料理人のように道具にこだわる人は別にして、一般家庭で使う分にはホームセンターや百均で売られている道具で何の支障もない。むしろ安く買って少し傷んだら捨ててまた新しいのを買う、という人が増えている。そうなると自分の家のように、手入れさえすれば長く使えるかわりに値段もそれ相応の品ばかりという店は太刀打ちできない。

客はどんどん減り、売り上げは目を覆わんばかりの落ち込みよう。それでもなんとか頑張ってきていたが、とうとう人件費を削るしかなくなって、従業員を解雇することになったらしい。

「まあ、店は俺んちのものだから人を減らせばなんとかならなくもない。でも、うちの店ってけっこう広いんだ。物の管理や接客のことを考えたら最低でもふたり、できれば三人ぐらいは人がほしい。親父はおふくろとふたりで頑張るって言ってたんだけど、年も年だし、休みなしってわけにもいかないじゃないか……」

今まで雇っていた従業員は体力自慢で力持ちだったから、重い商品の品出しなども難なくこなしてくれていた。その従業員がいなくなった今、そういった作業もすべて両親がやらなければならない。日に日に疲れていく両親を見ているのはかなり辛い。

今までバレー三昧《ざんまい》で休みは出かけてばかり、店の手伝いなんてろくにしてこなかったけれど、こうなっては仕方がない。自分がバレーをやめさえすれば、少なくとも放課後や週末は家の手伝いができるはずだ、と金森は言う。

「幸い身体《からだ》は鍛えてあるし、商品の移動とかは週末にまとめてやればなんとかなると思う」

「金森って……本当にいいやつだな」

友達には優しくできても、家族にはわがまま放題という子どもは多い。大地だって、家に帰ればけっこうやりたい放題だ。家族は半分呆れながらも、まあ外でわがまま放題よりはマシ、なんて言っているし、大地だってそれが普通だと思っていた。

けれど、金森は違った。彼の思いやりは、たとえ相手が家族であっても、いや家族だからこそ余計に発揮されるらしい。さすがは優也のいうところの『キングオブいい人』だな、と大地は感心してしまった。

だが、あんなにバレーが大好きなのに、家の手伝いのためにやめてしまうというのはあまりにも切ない話だった。

「本当に大丈夫？　バレーは好きでやってたんだろうけど、店の手伝いってそうじゃないだろ？」

「大丈夫とか、大丈夫じゃないとかの問題じゃないよ。正直、人がいないと万引きなんかも増えるんだ。実際、昼飯を食いに行ったりして、店にひとりだけになるときを狙って入ってくる奴らもいるらしいし……」

万引きが増えれば利益が減る。ただでさえ苦しい経営がさらに圧迫されてしまうのだ、と金森は眉《まゆ》を寄せる。それを阻止するためにも、自分が頑張るしかないのだ、と……

「バレー部にいれば平日は七時近くまで、土日も目いっぱい練習。家に帰っても疲れてばたんきゅう。店の手伝いどころじゃないし、なにより運動部ってけっこうお金がかかるんだ」

勝山君も知ってるよね、と金森は小さく笑った。

ウエア、シューズは言うまでもないが、サポーターやテーピング、練習後のアイシングや湿布、大会参加費用に移動のための交通費、怪我《けが》をしたときの通院費用……。その他もろもろ、とにかく出費が多い。

大地にしても、最初のころは『電車代ちょうだい』とか『新しいスパイク買って』なんて能天気に言っていたけれど、あまりの頻度にだんだん言いづらくなった。両親は、必要なものは必要なんだから、と出してくれはしたものの、もしも金森のような事情があったら、申し訳なさもひとしお、自分がバレーをやめさえすれば、と考えるのも無理はなかった。

「えーっと……とりあえず休部して、様子を見るってわけにはいかないの？」

事情はわかったが、このまま退部というのは気の毒すぎる。顧問にでも事情を話して、とりあえず休部するというのはどうだろう。もしかしたらその間に、奇跡的に経営が上向く可能性だってゼロじゃない。そうすればまた人が雇えるかもしれないじゃないか、という大地の提案に、金森はあっさり首を横に振った。

「半年や一年でどうこうなる状況じゃないんだ。休部しても復帰の見込みなんて立たない。そうこうしてるうちに引退の時期が来ちゃう。それぐらいならいっそすっぱりやめちゃったほうが諦めがつくような気がするんだよ」

「確かに……」

大地だって故障で走れなくなったとき、ほかの種目やマネージャーに転向するという手がないわけではなかった。だが、それはあまりにも未練たらしく感じて、すっぱりやめる選択をしたのだ。そのほうが諦めがつく、という金森の気持ちはよくわかった。

「バレーは大好きだし、続けたい気持ちはあるけど背に腹はかえられぬってやつ。店がつぶれたり、親父たちが過労で倒れたりしたら、バレーどころか進学も生活そのものも立ちゆかなくなる。今は俺が頑張るしかない……ってこと。ＯＫ？」

金森はまるで、大地にというよりも、自分に言い聞かせているようだった。

特進クラスに在籍するほど頭脳明晰《めいせき》な金森だけに、理論構成はばっちり。誰がどう聞いても、退部以外の道はないように見えるし、本人の覚悟もある。それでもどこかにほかの道はないのか、と探す気持ちが透けて見えるようだった。

「金森、お嫁に行った姉さんとかいないの？」

「いない」

「うーん……じゃあ、いずれ店を継ぐ予定で修業中の息子……」

「それが俺。だからこその包丁研ぎ修業」

「なるほど……えーっと、じゃあ……」

「弟がひとりいるけど、まだ小学生。ちょっと店には立たせられない。ちなみに先代のじいちゃん、ばあちゃんはあの世行きで復帰の望みなし」

「そっか……」

「やっぱり俺しかいないか……。じゃあ退部届……」

「金森……でも……」

「もういいんだ。ほかの手なんてないってわかってる。ただまあ、なんとなく誰かに愚痴を言いたかっただけだから……」

暗い話を聞かせて悪かったね、と金森は謝る。大地のいたたまれなさはマックスだった。

「愚痴ぐらいいくらでも聞くよ！　でも、もうちょっと、もうちょっとだけ待って！　俺も考えてみるから！」

退部届なんていつでも出せる。だから、ちょっとだけ時間をくれ、という大地に、金森はにっこり笑って頷いた。

「了解。どっちにしてもテスト期間に入るから部活はないしね」

その言葉を聞いたとたん、大地は凍り付いた。

「うきょ――!?　そ、そうだっけ？」

「相変わらず呑気《のんき》だなあ……。中間テスト一週間前。部活はテストが終わるまで活動停止。あ、そうだ、ノートとかいる？　確か物理とか日本史って先生同じだよね？」

「お、お願いします……」

その後、ノートをコピーさせてもらう約束をしたところで、大地は恒例のトイレの神様の招喚にあい、屋上でのランチタイムは終了した。

金森の相談に乗るどころか、またしても助けてもらうことになった大地の面目はすっかり行方不明。かくなる上は、起死回生の満塁ホームランでもかっ飛ばすしかない。

大地は、来週に控えた中間テストなどそっちのけで、金森の苦境を救う方法を考え始めた。


その日の放課後、調理実習室には大地、不知火、水野の三人が揃っていた。

「デマじゃなかったんですね……」

例によって小麦粉を篩《ふるい》にかけながら、不知火が呟いた。

末那高祭成功の立役者『キングオブいい人』のピンチとあって、優也はあちこちで金森のバレー部退部について報告というか相談しまくったらしい。

不知火は心配はしていたものの、退部理由がわからなければどうにもならないということで、大地の報告を待っていたそうだ。優也も嘆く。

「しかも家の事情じゃ、どうしようもありません。あんなにバレーが好きなのに、なんて気の毒。金森さん、落ち込んでませんでしたか？」

「落ち込むっていうより、達観してるって感じだったな……」

「運否天賦《うんぷてんぷ》か……なんか、金森さんらしいね。あ、運否天賦って幸運も不運も天からの授かり、どうしようもないって意味ですよ」

聞き覚えのない四字熟語を口にしたのはもちろん不知火だ。

颯太が引退したあと、不知火の四字熟語攻撃に対抗できる人間はいなくなった。不知火は我が世の春とばかりに、得意満面で周りを煙に巻くのかと思いきや、それはそれでつまらないらしく、自ら説明を加えるようになっていた。

大地は一瞬、これをちゃんと聞いて覚えればさぞかし国語の成績も上がるだろうと思ったけれど、すぐに無駄だと悟った。大地が、聞いたことが定着しないお粗末な脳みその持ち主であること以上に、不知火が持ち出す四字熟語は教科書に載っていないようなレアなものばかり。入試にだって出そうにもないのだから、ほかの言葉を覚えたほうがずっとい い。

とはいえ、これまで得意げに意味不明な言葉を連発するだけだった不知火が、少しでも歩み寄りの姿勢を見せたことは、大いに評価すべきだった。

「天からの授かり、どうしようもないっていうのはそのとおり。まさに金森はそんな顔してた」

「『キングオブいい人』はとうとう解脱してしまったんですね……」

いや、さすがに解脱はしてないだろう、と優也に突っ込みながらも、大地はバターの塊をレンジで溶かす。

本日、包丁部が作っているのはお菓子の初歩というべきマドレーヌである。

バターの価格が高騰中、しかも品薄にもかかわらず、このバターたっぷりのメニューを選んだのは、小麦粉教信者不知火に布教された以上に、差し入れとして金森に届けようという意図があった。

解脱まではいかないにしても、諦めの境地にいる金森を少しでも慰めたい。それには美味しいものを食べるのが一番、ついては小麦粉とバターと卵と砂糖さえあれば短時間で作れるマドレーヌは最適、という単純な発想だった。作り方がシンプルなだけあって、失敗してもたかが知れている。いつぞやのグルテンを頑張らせすぎたクッキーのように、歯が立たないものにはならないだろう、という考えもあった。

　不知火は、大きなボールに卵を割り入れ、ががーっとハンドミキサーで泡立てている。ボールを傾け、生地に潜らせる状態でハンドミキサーを動かし、『の』の字を書いても残るぐらいになったところでスイッチを切った。

「なあ、不知火。これって泡立ててよかったの？」

　優也が広げられているレシピ本を覗《のぞ》き込んで、不思議そうに訊ねた。スポンジケーキの生地ならしっかり泡立てるのだろうけれど、マドレーヌの生地を泡立てるなんて、レシピ本には書いてない、と言うのだ。

「大丈夫だよ。混ぜるだけで作るレシピが多いみたいだけど、泡立てて作るレシピだってちゃんとあるんだ」

　その本は材料の量を参考にしただけだ、と不知火は答えた。

「そうなんだ……。でも、混ぜるだけでできるなら、そのほうが簡単でいいのに」

「生地を泡立てるとふわふわになるんだよ」

「あーそうか、不知火はふわふわのマドレーヌが好きなんだね」

「それもあるけど、泡立てると生地が膨らんで、混ぜただけより数がたくさんできる。いっぱいあれば、金森さんに差し入れしても、自分たちが食べる分が残るじゃないか」

「なるほど……それは素晴らしい！　グッドチョイスだ、不知火！」

「だろ？　ということで、その小麦粉をここに入れて」

「了解、あ、篩《ふる》いながら入れたほうがいいんだよね？」

「そういうこと」

一年生二人組が仲良く生地を作っている横で、大地は考え込んでいた。

金森は既に先週から部活には出ていない。授業が終わるや否や帰宅して、店番をしているのだと聞いた。参考書を持ち込んで勉強の傍らというあたりが、いかにも特進クラス所属の金森らしい。勉強にも家の手伝いにも頑張る金森に、焼きたてのマドレーヌを持っていってやれば、さぞや彼は喜んでくれることだろう。

でも、どうせ届けに行くなら、あいつの苦境をちょっとでも救えるようなアイデアを添えてやりたいんだよなあ……

なんかないのか、なんか！　たまには仕事しろよ、俺のくそ頭！　使ってない脳みそは人よりたっぷりありそうなもんじゃないか！

お菓子作りにはあまり興味が持てず、不知火の蘊蓄《うんちく》を拝聴する気分でもなかった大地は、一番簡単そうな『使った道具の片付け』を引き受け、せっせと洗い物をしていた。

ハンドミキサーの間に入り込んだ生地を洗い流しながら、ああでもない、こうでもないと考えている間にも、マドレーヌ作りは順調に進む。やがて、オーブンからうっとりするようなバターの香りが漂い始めた。

「ちーっす！　調子はどうだあ⁉」

そこに登場したのは、言わずと知れたミコちゃん先生だった。

この顧問教師の鼻の良さには恐れ入る。社会科教官室は調理実習室から遥《はる》か彼方《かなた》にある。それなのに、毎度毎度出来上がりぴったりに現れるのは、最早《もはや》神業としか言いようがなかった。

「お、今日はマドレーヌか！　やったー！　マドレーヌは大好きなんだ！」

食べていいよな？　と確認というよりも宣言に近い調子で言ったあと、ミコちゃん先生は焼きたてのマドレーヌを口に運んだ。

「いいなあ、このバターと蜂蜜たっぷりな感じ！」

「うわ、さすが……」

不知火が感嘆の声を上げた。

マドレーヌは通常、砂糖と卵、バターそして小麦粉で作る。ココア、抹茶、チョコチップなどを入れて味に変化をつけることはあるが、蜂蜜を入れることは珍しい。今日だって、不知火が調味料入れの棚から蜂蜜を引っ張り出したときは、大地も優也もびっくりしたのだ。

「砂糖の半分を蜂蜜に変えると、風味がすごくよくなるし、しっとり感も増すんです」

不知火は得意満面で説明し、泡立てた生地に蜂蜜を混ぜ込んだ。

普通なら使わない材料を一口で察したミコちゃん先生は、まさに『神の舌』だった。

「あー旨かった！　しかし、日向たちが引退したあと、どうなるのかと思ってたらスイーツに転向するとはなあ……」

「いや、別に転向したわけじゃありませんよ。今日はたまたまちょっと訳ありで……」

「訳あり？」

ミコちゃん先生が、怪訝な顔をした。そこで大地は、ミコちゃん先生に金森の苦境について話してみることにした。ミコちゃん先生なら起死回生のホームランに繋《つな》がるアドバイスをくれるかもしれないと思ってのことだった。

「あー……金森な……。そういえばバレー部の顧問が嘆いてた」

キャプテンでもないし、ものすごいアタッカーでもない。バレーを愛する気持ちは人の三倍ぐらい持っているが、彼よりも優れた選手はチーム内にたくさんいる。だが金森の気遣いと懐の深さは、ともすれば殺伐としがちな強豪運動部の雰囲気を和らげるために必要不可欠だったそうだ。

「あいつがいるだけで、なんだかほわんとなって、始まりかけたけんかもどこかにいっちゃうんだそうだ」

「あーわかります。典型的ななごみ系ですもんね」

「そうそう、それ、なごみ系。でも、事情が事情だけにどうしようもないなあ……って。しかも、おふくろさんが倒れたらしい」

「えっ⁉」

「眩暈《めまい》がひどくて立てないって聞いた。もともとあんまり丈夫じゃなかったそうだけど、まあいろいろ無理がたたったんだろう」

立ち上がるのも大変で、とても店番はできないとメールで連絡が届いたらしい。そのため金森は、文字どおり、終業のチャイムが鳴るや否やすっ飛んで下校したという。

ただでさえ人手が足りないのに、母親まで倒れてしまった。もう選択の余地などない。金森が店を手伝うしかない。しかも母親が回復しない限り、週末だけではなく平日もずっと……

大丈夫か、あいつ……

大地は心配でならなかった。

「なんとかならないんでしょうか……」

「ほかに店を手伝う人間がいればいいが、無給じゃ厳しいし……」

アルバイトを雇えるぐらいなら苦労はない。そのお金がないところが問題だ、とミコちゃん先生は眉を寄せる。

「無給で働けるのは家族ぐらい……あ、ちょっと待てよ、労働対価は、必ずしもお金である必要はないのかも……」

そう言いつつ、ミコちゃん先生は包丁がしまわれている引き出しに目をやった。

「おまえたち、日向から包丁の研ぎ方とか習ったか？」

「まさか。そんな暇はなかったし、翔平先輩は俺たちに包丁を研がせる気なんてゼロでした」

道具の手入れは基本だとはわかっていても、それより先に覚えなければならないことが山ほどあった。だから、包丁の手入れはすべて翔平まかせだったし、今は金森の仕事になっている。もしも、金森がいなければ、包丁部の面々は切れない包丁を前に困り果てていたに違いない。

「押しつけてすまないとは思ってるんですけど……」

「あまりにも金森さんが楽しそうでつい……」

優也と不知火が申し訳なさそうに言った。

彼らも大地同様、昼休みに調理実習室で下準備をすることがある。そんなとき、嬉しそうに包丁を研いでいる金森を目にしたのだろう。

「ちょっとでも大変そうだったり、いやいやみたいに見えたりしたら考えたんでしょうけどね」

大地の言葉に、ミコちゃん先生も大きく頷いた。

「そうだろうな……。でも、おまえたちだって包丁の研ぎ方を覚えておいて損はない。第一、放課後も週末も店を手伝うようになったら、いかに金森といえども昼休みに包丁を研いでる余裕なんてなくなるぞ」

「それはわかってます」

でも……と言いかける前に、ミコちゃん先生はあっさり言い放った。

「おまえたち、順番に金森の店を手伝いに行って、ついでに包丁の研ぎ方を習ってくればいいじゃないか」

「はあ⁉」

「金森があれだけ研げるんだから、それを仕込んだ親父さんは相当な腕前だろう。基本だけでも習ってくれば家庭用の包丁ぐらい研げるようになるんじゃないか？」

交代で店番に行き、仕事の合間、あるいは終わってから包丁の研ぎ方を教えてもらう。ちゃんとした包丁の研ぎ方なんてそうそう習えるものじゃないのだから、対価としては十分だ、というのがミコちゃん先生の説だった。

「……確かに……でも、金森の親父さんがなんて言うか……」

「ま、ダメ元で聞いてみたら？　案外、喜んで教えてくれるかもよ」

無形文化財の継承とかさー、とミコちゃん先生はいたって気楽な感じで言う。

さすが趣味が発掘調査のミコちゃん先生。要するに無形であろうと有形であろうと『文化財』ってものが大好きなんだな、この人は……

そんな感想を抱きながらも、大地はミコちゃん先生の案は悪くないと思った。

ただ部活を放棄して店の手伝いに行くのは問題だが、包丁の研ぎ方を習うというのであれば、包丁部としての活動のひとつに数えられなくもない。なにより世話になりっぱなしの金森に恩返しができる。だが、料理を覚えたくて入部した優也や、小麦粉と戯れたくて仕方がないさかりの不知火が同じように考えるかどうかは疑問だ。

大地は、たとえ優也や不知火が拒否しても、自分だけでも手伝いに行きたいと考えていた。

「じゃあ、俺、これを届けがてら金森に聞いてみます」

「あ、じゃあ僕も行きます。店の場所も覚えたいし」

「俺も。いやあ、店番なんてしたことないから楽しみー」

どうやら後輩ふたりもミコちゃん先生の案に異議はないらしい。

大地はほっとし、大車輪で片付けをこなしたあと、焼きあがったマドレーヌを抱えて金森の両親が営む金物屋に向かった。

＊

金森の両親が営む『金森堂』は末那高校の最寄り駅から三つ離れた駅前の、小さな商店街にあった。

包丁部員たちは三人とも登下校の際にその駅を通過、つまり定期券圏内で移動に一銭もかからないことになる。これ幸いと大喜びしながら、三人は『金森堂』に到着した。

そっと覗いてみると、店の入り口近く、レジが置かれたカウンターに金森の父親らしき人物がいる。金森はどこだろう？　ときょろきょろしていると、店の奥から大きな箱を抱えた金森が出てきた。

「うおーい、かっなもり――！」

大地は、特進クラスの教室の後ろのドアから呼ぶときと同じ調子で叫んだ。

「あれー？　どうしたのー？」

君んち、この辺じゃなかったよね？　なんて金森はきょとんとしている。

「孝行息子に差し入れを持ってきた。ほら、これ……」

「へーなに……？　あ、マドレーヌ！　いやでも、こんなの悪いよー」

「いいって、いいって。金森には散々お世話になってるし。あ、これ焼きたてだからね！」

「ほんと？　嬉しいなあ。実はすっ飛んで帰って、おふくろの様子見て、そのまま店に出たから腹減ってたんだ。ありがたくいただくよ」

「お父さんにもどうぞ。疲労回復効果抜群の蜂蜜たっぷりです」

包丁部特製ですよ、と不知火が胸を張る。その後ろにいる優也にも気づいて、金森はさらに目を丸くした。

「わざわざ包丁部勢ぞろいで届けに来てくれたのか……」

途中下車までさせてすまなかったね、と金森は『キングオブいい人』そのままの笑顔で礼を言う。大地はそんな金森に、『勢ぞろい』でやってきた理由を説明した。

「というのがミコちゃん先生の提案なんだけど、どうかな……？」

交代で店番を手伝う代わりに、包丁の研ぎ方を教えてほしい、と言われ、金森は最初啞《あ》然《ぜん》とするばかりだった。

「でも……そんなの割に合わなすぎ……」

「そんなことありませんよ。僕たちの周りに、包丁の研ぎ方を教えられる人なんていません。日向先輩なら教えてくれるかもしれませんけど、今はそれどころじゃありませんし……」

できるならプロ中のプロである『金森堂』の店主に教えを請いたい、と不知火はひどく真剣な眼差しで言う。優也は優也で別な方向からのアプローチを試みた。

「末那高って基本はアルバイト禁止じゃないですか。俺たち、店で働いたことなんてないし、職業経験を積むって意味でもすごくやってみたいんです。大して役には立たないかもしれませんけど、精いっぱい頑張りますから！」

こいつら意外といいやつだな。『キングオブいい人』には遠く及ばないけど、『キングオブいい人の又従弟《いとこ》』ぐらいならなれそう……

大地は後輩ふたりにうんうんと同意しながら、そんなことを思っている間に、金森は箱を降ろして父親のところへ行った。おそらく判断に困ったのだろう。

レジの横でしばらく話していたあと、金森が大地を呼んだ。

「勝山くーん、ちょっと来てくれるー？」

「お？　おう！」

呼ばれた以上行かねばなるまい。そして、部長が行くなら、俺たちもついていくしかない――

と思ったかどうかは定かじゃないが、優也と不知火もついてきて、結局、金森の父親の前に包丁部メンバーが勢ぞろいした。

金森の父親は、ひと固まりで立っている三人に、まるで戦国武将みたいな鋭い眼差しを向けた。

だが、大地が、これは難しそうな親父さんだ……変なこと言い出すんじゃなかった……と思ったとたん、彼はがばっと頭を下げた。そのままの姿勢でおよそ三秒。頭を上げたときには、金森の父親は満面の笑みを浮かべていた。

「話は聞いた。いやーありがたい！　正直、うちのバカ息子にこんなにいい友達がいるとは思わなかったよ！」

そしてまた、ありがとう、ありがとう、と連呼しながら頭をペコペコさせる。さっきまでの戦国武将は、今や米つきバッタと化していた。

「いや、そんな、頭なんて下げないでください！　俺たち、日ごろから金森、いや金森君に散々お世話になってて……」

「お世話⁉　こいつに人様の『お世話』なんてできるんですか？　こいつぁびっくりだ！」

大地は思わず膝の力が抜けそうになる。

特進クラスに入れるぐらい優秀、なおかつ強豪末那高バレー部でなんとかレギュラーでいられる程度の運動神経だって持っている。まさに文武両道。しかも『キングオブいい人』で面倒見の良さは折り紙付き。それなのに、ここまで親父さんの評価が低いなんてありえなかった。

「……金森、おまえ……」

いったい家で何やってたんだ？　と問い質《ただ》しそうになった。だが、それよりも先に、父親の嘆き満載の説明が続けられた。

「もうね、こいつときたらちっとも家にいやしない。暇があったらバレーボールをいじくりまわしにいくか、テスト前で家にいるから勉強してるのかと思いきや、がーがー寝てばっかり。それぐらいなら店番でもしろ、って怒鳴りあげてやっと店に出てくる、みたいな？　あれでよく赤点取らずにいられるもんだ。よっぽど頭のいい友達でもいて山でもかけまくってもらってるんじゃないか、って女房とも言ってるんですよ」

「お父さん、逆！　それまるっきり逆です！　ノート借りまくって、山かけまくってもらってるのは俺たちのほう。金森君がいなかったら、俺なんて進級すら危ないレベルなんですよ！」

叫ぶように言った大地の言葉に、金森の父親は豆鉄砲を食らった鳩みたいになった。

恥としか言いようのない告白、先輩の面目丸つぶれだったが、あまりにも金森がかわいそうで言わずにいられなかったのだ。それに、よく考えたら大地の成績の悪さなんて、年がら年中ミコちゃん先生がアナウンスしまくっているし、優也や不知火だって優等生とは言いがたい。できる科目はものすごくできるが、できない科目は赤点連発。平均すれば似たり寄ったりの成績だ。

しかも不知火なんて、そもそも『面目丸つぶれ』になるほど大地を評価していたかどうかすら怪しいのだ。

現に一年生ふたりは大地の恥さらしな告白を聞いても、笑いも驚きもしていない。ごく当たり前のことを聞いた、という顔でいるばかりか、援護射撃のつもりか補足説明まで始めた。

「本当なんですよ。勝山先輩、ノートだけじゃなく体操服やら教科書やらの忘れ物まで借りまくってます。調理実習室の包丁だって全部金森さんが……」

『包丁』と聞いたとたん、金森の父親がまた戦国武将の眼差しに戻った。

「なんだと？　おまえ、学校の包丁を研いだのか!?」

「……うん」

「なんてことだ……おまえみたいな半端な腕前の奴がよりにもよって学校様のお道具を……」

学校様のお道具……？　この人、戦国武将だと思ったら庄屋サイドだったのか……いや、そんなことはどうでもいい。なんだよ、このオヤジ！　ひどすぎる！

大地の中に怒りが込み上げた。

金森が研ぎあげた包丁はどれも抜群の切れ味だ。翔平が研いだものに比べても遜色《そんしょく》ない。いや、もしかしたら翔平に勝るかもしれない。翔平が手入れをしていたのはせいぜい包丁部が使う数本にすぎないが、金森は短時間でそれ以上の本数を研ぎあげる。

研ぎ師としての腕前に時間が関係するかどうかはわからないが、効率という面から考えれば金森のほうが上だった。

父親の説教はまだ続いている。とうとうたまらなくなって、大地は口を開いた。

「お父さん、最近、金森が研いだ包丁を見ましたか？　金森が研いでくれた包丁はすごくよく切れます。うちの母親は包丁が切れなくなると、スーパーの前とかに軽トラで来る研ぎ屋さんに出すんですけど、それよりもずっと、いやずっとずっと切れるんです。お父さんがどれほど上手なのかは知りませんけど、金森だってそんなに叱られるような腕じゃありません！」

「勝山君……」

金森がなんだか泣きそうな目になった。彼の父親ははっとして大地を見たあと、照れ隠しのように頭に手をやった。

「すまない。みっともないとこ見せちゃったね。こいつが包丁を研ぐのが好きだってことは知ってたけど、俺はちゃんと仕込んだこともないし、どれぐらいの腕なのかも知らない。見よう見まねで半端なことをしでかしたんじゃねえかと……」

次に口を開いたのは不知火だった。

「だったら、僕たちが包丁研ぎを習いたいなんて思うわけがないでしょう？　僕たちは金森さんを仕込んだのはお父さんだと思ってました。だからこそ、同じように僕たちも教えてもらいたいと思ったんです。まさかまるっきり門前の小僧だったなんて、びっくりです」

「お父さんが包丁を研いでいるのを見ただけで、あれだけの腕前になったのなら、よけい金森はすごい。お店が大変だからって部活を休んでることも……」

「はあ⁉」

そこで金森の父親は素《す》っ頓狂《とんきょう》な声を上げた。まさかの反応に、大地たちはびっくりである。

「悟《さとる》、おまえ、成績不良で活動禁止になったってのは嘘《うそ》だったのか⁉」

どうやら金森は、成績が下がりまくって顧問に叱られた。今度のテストで好成績を上げるまで部活は禁止になった、と話していたらしい。そんな話をでっちあげる金森も金森だが、成績表も見ずに鵜呑《うの》みにする父親も父親だった。おそらく、母親まで倒れてそれどころじゃなかったのだろうけれど……

「金森の成績で活動禁止になるぐらいなら、俺たち全員自宅謹慎レベルです。金森は店を手伝うために、大好きなバレーを我慢してるんです。それなのに……」

「……悟、すまん！」

父親は、膝につくかと思うような勢いで頭を下げた。畳だったら土下座でもしかねない様子だ。

「そこまでおまえに無理させてたなんて、思いもしなかった。いいタイミングで活動禁止になったもんだ、なんて能天気に……」

今まで勉強している姿なんて見たことがなかった。それなのに、店に参考書まで持ち込んでいたから本当だとばかり思っていたそうだ。

「金森さん、すごい演出……」

優也がため息交じりに口にした言葉に、金森は苦笑いだった。

「いや……演出ってことじゃなくて、さすがにもうすぐ三年生になるし、バレーができないなら勉強しとくか……って」

「その発想がすごいですよ」

不知火が尊敬の眼差しになっている。

こいつ、こんな目で俺を見たことなんてないのに！　と少々むかつくが、相手が金森じゃあしかたないな、とも思う。こんなに優秀かついい人が自分の友達でいてくれることを素直に喜ぶべきだということぐらいわかっていた。

「まあいくらバレーが好きでも、部活と家の事情を天秤《てんびん》にかけて、どっちが大事かぐらいは俺にだってわかるよ。チームは俺がいなけりゃ困るってこともないだろうし……」

いや、困ってますから、実際！　と告げてやりたかった。

だが、それはかえって金森の負担になりそうで、大地は口を開けない。そうこうしているうちに、話題は包丁部による『金森堂』助っ人のスケジューリングに移っていった。

「お店には三人ぐらいいたほうがいいんでしょう？」

優也がスマートフォンを取り出しながら訊ねた。おそらくスケジュール関連のアプリでも使うつもりだろう。

「三人いれば、ひとりが休憩しても大丈夫ですよね？」

「それはそうなんだけど……本当にいいの？　なんかその……」

金森は、大地と一年生ふたりをひどく申し訳なさそうに見た。父親のほうも、ありがたいには違いないが、この申し出に甘えていいのかどうか、という顔をしている。

やむなく大地は、自分のスマートフォンを取り出した。ついでに不知火にもスケジュール表を表示させる。金森親子の目の前に、三人分のスケジュール表が並べられた。

「ひっじょーに、情けない話だけど、ちょっとこれ見て」

苦笑いとともに差し出したスケジュール表に入っている予定は、英単語テスト、漢字テスト、定期考査に模試、校外学習……つまり学校関連のものばかりだった。

「リアルに全く充実してない俺たちは、プライベートの予定なんて真っ白。包丁部の活動がなければ放課後なんて暇放題。土日にしても家族に引きずられて買い物の荷物持ちに動員されるのが関の山なんだよ」

な？　と同意を求めて優也を見ると、彼も大きく頷いている。

「そうなんです。まあ、俺の場合は荷物持ちじゃなくて、もっぱら妹のお守りなんですけど」

優也の妹は、味音痴で料理下手の母親の影響でやっぱり料理が下手だった。だが、先般の末那高祭で優也はスコーンを作る技術を完璧に習得し、復習がてら家でも披露したところ、俄然《がぜん》、妹の目の色が変わったらしい。

『お兄ちゃん、手伝って！』と優也について回り、週末は半ば強制的に朝からお菓子作り。妹の失敗を散々フォローさせられた挙げ句、月曜日になると妹は作りあげたお菓子を持って意気揚々と登校。作ったお菓子が優也を含めた家族の口に入ることなどまれなのだという。

とりあえずお菓子の腕前だけでも上がっていることは喜ぶべきだが、さすがにこう毎週毎週、しかも自分は食べられないときたらうんざりしてしまう。それぐらいなら『金森堂』に来て包丁の研ぎ方を習ったほうがずっといい、と優也は口を尖《とが》らせた。

「ふーん……水野君もいろいろ大変なんだね。でも、君の入部目的は妹さんの味音痴の矯正だったんだろ？　着々と進行中でいいじゃないか」

「なんだよ不知火、その上から目線は！」

優也はさらにぷんぷん怒っているが、不知火の指摘は間違いではない。とはいえ、毎週毎週は勘弁してほしいという優也の気持ちはよくわかった。

「ま、優也はそんな感じ。不知火だって特に予定はない。そうだよな？」

「そうですねえ……もちろん僕には語源研究っていう立派な趣味がありますが、それは別に家にいなければできないってことでもないですし……それに……」

そういったあと、不知火は『金森堂』の店内をぐるりと見まわした。広い店内には、大地たちが見たこともないような道具が並んでいる。もちろん、名前がわからないものもたくさんあった。

「諺や四字熟語同様、ものの名前も興味深いですよね。なんでそういう名前になったのか、とか考えるのはすごく楽しそうです」

「ほう……君はそういうことに興味を持ってるのか。それなら俺もちょっとは役に立てるかもしれない」

金森の父親は仕事がら、道具の名前や由来に関して詳しいだろう。商売なんだから当然だ。その知識は不知火にとって興味深いに違いない。案の定、不知火の顔がパーッと輝いた。

「そうか……餅《もち》は餅屋ですね！　いや、これは楽しみだ」

俺はどっちかっていうと金物屋なんだけどな、と大笑いしながらも、金森の父親は不知火と意気投合。早速、店内の道具について説明を始めてしまった。

「ということで問題ありません。金森先輩、ご遠慮なく」

嬉しそうに店内を回る父親と不知火をちらっと見たあと、金森は腹をくくったように応えた。

「じゃあ……とりあえず、おふくろが治るまで助けてもらおうかな……」

「よっしゃー！　これでやっと借りが返せる！」

「大地先輩、甘いです。店番の代わりに包丁の研ぎ方を習うんですよ？　その上、道具についての説明までしてもらって、借りを返すどころか……」

「うわあ……さらに借りが増えるのか！」

「そんなの気にしなくていいよ！　今、このタイミングでの助っ人以上にありがたいことなんてないんだから！」

「あーそれ、末那高祭のときの俺たちと同じだ」

「だろう？　本当にありがとう。ということで、よろしくお願いします！」

「ばっちこーい！」

まるで野球部みたいな掛け声を返し、大地は早速スケジュールを組み始めた。とはいっても、三人とも予定は真っ白なだけに割り振りはひどく簡単。しかも、もういっそ平日は全員ここにきてはどうかという優也の提案でローテーションは週末のみとなり、あっという間に作業は終了した。

「おーい、不知火！　割り振り終わったぞー」

「あー、じゃあ、あとで同期させまーす」

今それどころじゃないんです、という返事に大地も優也も苦笑い。不知火君ってやっぱり変わってるよね、という金森の呟きに大きく頷くばかりだった。

かくして、とりあえず金森の母親が店に戻れるまで、包丁部はその活動の場を一部『金森堂』に移すことに相成った。あとは、小麦粉教に入信して忘れたはずの『牛一頭まるごと解体』について、不知火が思い出してしまわないことを祈るばかりだった。

＊

包丁部が『金森堂』に活動の場を移してから二週間ほど経った。

部員たちは今日も、学校が終わるなり『金森堂』にやってきて猫の手よりはわずかにマシ状態で店番をしている。

それまでは考査期間中ということもあって、店番をしながらもそれぞれがちまちまと勉強をしていた。家にいても勉強なんてろくにしないのに、時間が限られるとなったらせめて単語のひとつでも覚えなければ、となるところが不思議だ。

忙しい人ほど仕事ができる、と大人は言うけれど、あれは案外当たっているのかも……なんて思わずにいられなかった。

金森の手伝いをけしかけたものの、そのまま考査期間に入ってしまったため、ミコちゃん先生はかなり心配していたらしい。ただでさえ努力不足の感ありの部員たちが、物理的に時間がなくなることでさらにひどい成績をとってしまうのではないか、と危惧《きぐ》したに違いない。

けれど、結果として部員たちの成績はわずかながらも上向いた。その陰には、わからないことがあったら聞いてね、と言ってくれる金森の存在があった。彼は、さすがは特進クラスと舌を巻くほど優秀だったばかりではなく、教え方も上手かったのだ。

後輩たちはもちろん、大地自身も授業ではさっぱりわからなかったことが、金森の説明で理解できたところも多く、まさに地獄で仏状態だった。

「君たち、本当に楽しそうだよね」

金森がため息交じりにそんなことを言った。

金森の目の先には商品にはたきをかけて埃《ほこり》を払っている優也と不知火がいる。なんとか無事に考査を乗り切った包丁部の面々は、目下、それまで手が回らなかった店内の掃除に勤しんでいるところだった。

小柄な優也は下の棚、背の高い不知火は上のほうを受け持って掃除をしているのだが、時々不知火がわざと優也が立っている上の棚を払うものだから埃が優也を直撃。反撃とばかりに優也がはたきで不知火の靴とズボンの間をくすぐって、不知火が黄色い声を上げていた。

「ごめん。うるさいよね、あいつら……」

高校生にもなって、まるで幼稚園児のような騒ぎっぷり。これでは手伝いに来ている意味がない、と大地は申し訳なくなってしまった。

だが金森は、そうじゃないんだ、といかにも彼らしい穏やかな笑みを浮かべた。

「うちは昔からあんまり若い店員を置いたことがなかったんだ。生活用品を売る店だから、それなりに経験があって道具のこともよく知ってるような年配の人ばっかり。だから、なんていうかよく言えば静か、悪く言えば活気がない？　まあそんな感じ」

「まあ、元気いっぱいの金物屋ってあんまり聞かないよね……」

「うん。金物屋の親父は基本、頑固ってことになってるし」

「そっか……親父さんも……あ、ごめん」

「いいんだよ、そのとおりだし。でも、とにかくこんな明るい感じじゃなかったし、なにより君たち、三人とも仲が良くて見てて楽しいよ」

「仲……良いかな？」

不知火は小賢《こざか》しくて優也はもちろん、大地まで馬鹿にしているように見える。優也は優也で、入部してきたときは頼りなくてふわふわしたやつだと思っていたのに、慣れるにしたがって微妙な腹黒さが浮き出てきた。激論とまではいかないにしても意見の衝突もあるし、部長の大地はその調整に苦労しているのだ。それをまとめて「仲が良い」と判断されるとは思ってもみなかった。

「楽しそうでいいなあ……包丁部」

「バレー部は違うの？」

「まあね……」

末那高は強豪だから部員数が多くてレギュラー争いも激しい。レギュラーになったらなったで、試合運びやミスを指摘される。勝つためには仕方がないけれど、試合後の反省会などは時として殺伐とした雰囲気になってしまい、それを和らげるのはけっこう大変なのだ、と金森は嘆いた。

「あーそういえば、陸上部もそんな感じだったな」

「だろう？　やっぱり運動部はいろいろあるよ」

「そうか……それに比べればうちは能天気だよな。多少調味料を入れ間違えたってリカバリーできなくもない。そもそも翔平先輩みたいにコンテストに参加するってことでもなければ試合なんて無縁だし」

何かを競うとか争うとかの対極にあるのが包丁部だ、と大地は豪快に笑った。

「羨ましいよ。俺はずーっとそういうのの調停役だったからさ。揉《も》め事が起こりそうになるたびに『まあまあ』ばっかり。それはそれで疲れちゃうんだよね」

期せずして漏れてきた『キングオブいい人』の泣き言に、大地は言葉をなくした。

そりゃそうだよな……いくらいい人でも、誰かと誰かの間に入ってクッションみたいなことばっかりやらされてたら嫌になるに決まってる……

「バレーは好きだけど、あそこまで争わなくちゃならないなら、もう今のままでいいかなーなんて思うときもあるんだ」

退部の理由が家の事情なら思いっきり正当だろ？　と金森は言う。その笑ったような、泣いたような顔に大地はいたたまれなくなってしまう。さらに金森は続ける。

「俺、女に生まれればよかったな。女ならあっちこっちでママさんバレーとかやってるだろ？　パパさんバレーってあんまり聞かないもん。男は、実業団や学校以外でバレーを続ける場がない」

「俺、陸上でラッキーだったのかも」

陸上なら、特に大地がやっていた長距離ならひとりで黙々と走ることができるし、あちこちで市民大会も開かれている。膝に爆弾を抱えているにしても、様子を見ながらちょっと参加することぐらいできなくもないだろう。だが団体競技は無理だ。チームに所属しない限り、活動自体が難しい。

「それを思うと部をやめるのはつらい。バレーができなくなっちゃう。だからこそ、ずっと迷ってたんだけど、これはいい機会なのかも」

「マジでやめる気なの？」

「……まあね。問題はそのあとだけど」

やめたあとどうするかを考えて、二の足を踏んでいた。いくら末那高に、生徒は必ずどこかの部に所属しなければならない、なんて頑なな校則があっても、事情が事情だけに特例が認められるかもしれない。そう思った金森は、以前担任教師に訊ねてみたそうだ。

「で、なんて？」

「例外は認めない。家庭の事情とか言い出したらきりがない、だってさ」

「ひでえ……鬼かよ！」

思わず大地は怒りの声を上げた。金森は、そんな大地を例によって『まあまあ』と宥《なだ》める。

「そんなに怒らないでよ。例外は認めないけど、抜け道はあるって言ってくれたからさ」

「抜け道？」

「出席率なんて問われない、うーんと活動の温《ぬる》い文化部に移って、それでも無理なら適当に休んでしまえって」

「な、なるほど……」

強豪運動部で幽霊部員は難しい。なにより今まで副部長だった金森が幽霊化したら、ほかの部員の士気にかかわる。だが、そもそも大して活動していないような文化部ならなんとかなるだろう、と担任教師は言ったそうだ。

「でも、今までバレーしかやってこなかったし、急に文化部って言われてもぴんとこなくてさ」

「一覧表眺めてため息、とか？」

「そうそう！　そうか、勝山君もやったのか」

「やったやった。でもどれだけ見てても、わからないものはわからない。文化部の活動っていろいろだし、あんまり表に出てこない。新入部員勧誘時期でもないから説明会もポスターもないしね。特に包丁部なんて、なんじゃそりゃーだよ」

実態が料理部なら最初からそう言っとけよ、とこき下ろした大地を、金森は小さく笑った。

「というわけで、迷ってたんだけど、やっぱりテストが終わったらバレー部はやめる」

「そっか……」

「で、包丁部に入る」

「え⁉」

「まじっすか！」

「大歓迎です！」

『包丁部に入る』という言葉が聞こえた瞬間、優也と不知火がすっ飛んできた。

おまえらは地獄耳か！　掃除は終わったのか！　と問い質したくなったが、それよりなにより気になるのは金森の意図だった。

万年廃部危機の包丁部としては、新入部員は喉から手が出るほどほしい。それが『キングオブいい人』の金森なら願ったり叶《かな》ったりだ。けれど、そもそも金森は料理に興味を持っているのだろうか。

満足に活動できないのは仕方がないにしても、楽しめる要素がまったくないような部に入ってもらうのは忍びない。かつて優也は幼馴染《おさななじみ》に無理やり天文部に入れられそうになった。あのときは颯太の機転でかなり強引に阻止したが、もしも優也が少しでも天体観測に興味を持っていたら、あの展開はなかった。

『キングオブいい人』である金森は、自分の都合以上に包丁部の部員不足を考えて入部を言い出したのではないか——

大地は何よりもそれが気になった。だが金森は静かに首を横に振った。

「勝山君、俺の趣味はわかってるよね？」

「バレー……と、包丁研ぎ……」

「そ。包丁研ぎが趣味な奴が包丁部に入る。これってすごく正しくない？」

「でもうちは……」

「うん、わかってる。包丁部は料理部だよね……」

「料理はできたほうがいいぞ、悟」

そこに入ってきたのは金森の父親だった。

彼は十五分ぐらい前に休憩に入り、ちょっと出てくると言いおいて店をあとにした。レジ袋を持っているところを見ると、買い物に行ってきたのだろう。

おかえりなさい、と四人の高校生に迎えられ、軽く頭を下げて応えた金森の父親は、ひどく真剣な顔で話し始めた。

「おまえもわかってるはずだが、母さんが倒れてから、うちの飯はちょっとひどいことになってる。今日だってほら、これだ」

レジ袋の中身は出来合いの総菜とカップ味噌汁。ご飯ぐらいは炊くのだろうが、なんとも味気ない食事だった。

「俺に料理ができればもうちょっと違うものが食えた。でも俺は道具を売るのは得意でも使うほうはさっぱりなんだ。いまさら料理でもないと思ってたけど、おまえはちゃんと覚えたほうがいい。というか……おまえが頑張るなら、俺もちょっとはやってみても……」

「うん、俺もそう思う。母さんはあんな調子だし、これから先だって無理はさせられない。俺や父さんに飯が作れればそれに越したことないよ。なにより、勝山君たちと一緒に活動するのはすごく楽しそうだもん」

ということで、よろしく！　と金森は頭を下げた。

「こっちこそよろしく！　いや……まいった。こんなところで新入部員ゲットとは！」

「杓子《しゃくし》果報、瓢箪《ひょうたん》から駒、棚から牡丹餅《ぼたもち》……」

「ラッキー！　三年生引退後、三人と四人じゃ全然違います！　これで新入生をひとりゲットすれば来年も包丁部は安泰です！」

優也が嬉しそうに叫ぶ。いやでも、新入生がひとり入ったところで、来年俺たちが引退したら部員は三人しか残らない。正直、安泰とは程遠い状況だとは思うけれど、とりあえず金森が包丁部に入って得るものがあるというならそれでいい。文字どおり大歓迎だった。

「ということで、バレー部を退部次第、包丁部に入部届を出すよ」

「了解。なんなら部長の座を譲っても……」

三年生の引退後、たったひとりの二年生ということで、大地が自動的に部長に就任した。だが、金森は今まで大所帯のバレー部の副部長を務めてきた。彼なら、自分より遥かに上手く包丁部を運営できるに違いない。それならいっそ、部長を交代してはどうか。おそらく優也や不知火にとってもそのほうがいいはずだ。

ところが、そんな大地に優也が強硬に異議を唱えた。

「何を言ってるんですか！　冗談は成績だけにしてください！」

「いや……おまえだって人のことをどうこう言えるような成績じゃ……」

「俺のことはいいんです！」

なにがどういいのかさっぱりわからない。だが、優也は、とにかく部長交代なんて認めません、と息巻いている。驚いたことに、不知火まで優也に同調し始めた。

「そうですよ。部長は勝山先輩以外に考えられません」

「……えーっと……なんで？」

「僕がいじり倒せない部長なんていりません」

その台詞を聞いたとたん、金森が爆笑した。

「さすがは文化部。運動部じゃありえない理由だ！」

「不知火――！　おまえ、覚えとけよ！」

「大丈夫です。僕は博覧強記。その知識はどこまでも広く、記憶力は……」

「もういい！」

こいつに聞いたのが間違いだった、と心底がっかりしながら、大地は優也に目を移した。

少なくとも優也は『いじり倒したいから』なんて理由ではないはずだ、と信じたかった。

「優也、おまえは？」

「たとえ金森さんのお母さんが回復して店に戻られても、人手不足には変わりありません。金森さんは真面目だから、部長なんて引き受けちゃったら、部活をすっ飛ばして店番なんてできっこありません。大恩人の金森さんを、そんな大変な目に遭わせられるわけがないでしょう！」

つまり、俺の能力や性格とは全く関係ないってことだな……

自分が金森と比べものにならないことぐらいわかっていたが、ここまであからさまに言われるとは思ってもみなかった。翔平や颯太が引退したあと、自分なりに頑張っているつもりだったのだ。大地は、すっかり落ち込んでしまった。

そんな大地を横目に、金森は笑い続けている。

どうしてそんなに嬉しそうなんだ、おまえはそういう奴じゃなかったはずなのに、と恨めしげな眼差しを向けると、ようやく彼は笑うのをやめた。

「いいなあ、勝山君」

「なにがいいんだよ！」

「この子たちは、とにかく君に部長を辞めてほしくないってことだろう？　それって包丁部が上手く回ってる証明じゃないか」

部長のやり方が気に入らなければ、たとえ後任がどんな人物であろうとそっちを推すだろう、と金森は言う。後任者の事情なんてお構いなし、とりあえず今の部長が辞めさえすれば、と考える。けれど包丁部の一年生ふたりは、そんなこと微塵《みじん》も思っていない。部長＝勝山大地に異存はないのだと――

「……そういうこと？」

大地は、疑わしげに優也と不知火を見た。咄嗟《とっさ》にふたりは目を逸らす。しかも、微妙に頬が赤らんでいる。

「ね、図星だろ？　まったく素直じゃないよね。このふたりは勝山君のことが大好きなんだよ。今風に言えばツンデレって奴だ」

そして金森はまたカラカラと嬉しそうに笑う。

「俺は幽霊部員候補なんだから部長なんて無理。第一、包丁部名物の豚汁の作り方すら知らないんだからね」

だろう？　と金森は一年生たちを見る。不知火が相変わらず赤い頬、なおかつちょっとふてくされたような顔で頷いた。

「日向先輩と月島先輩が『次の部長はおまえだ』って言ったんです。だから部長は勝山先輩です」

「包丁部代々の味を一番覚えてるのも大地先輩です。だから、大地先輩にはそれを伝える義務があるんです」

「それって部長じゃなくても……」

「駄目です！」

優也と不知火の声が重なった。

これは確かにツンデレかも……と大地はにやにやしてしまった。

「とにかく部長は勝山君。俺にできることがあればなんでもやる、って言いたいところだけど、現状は……」

「わかってるよ。入部してくれるだけで十分。あとは、気が向いたときにでも包丁を研ぎに来てくれれば」

「ああ、それは大丈夫。今までも昼休みにやってたんだからこれからも……って、もう君らでもやれるんじゃないの？」

「あー無理無理」

金森の父親と金森から包丁の研ぎ方を習うという名目で、部員たちは『金森堂』に出入りするようになった。実際に手ほどきも受けた。けれど、半月やそこらで上達するほど包丁研ぎは簡単ではなかったのだ。

確かに研ぐ前よりは切れ味が上がりはするが、金森の父親はもちろん、金森が研いだものとは雲泥の差。不知火ではないが『餅は餅屋』を痛感させられた。

「日ごろの手入れは俺たちでもなんとかなるかもしれないけど、たまにはちゃんと手入れしてもらわないと刃、刃……」

包丁が歪《ゆが》んでしまうことを表す言葉があったはずだ……と口ごもっていると、金森が助けてくれた。

「刃線が歪む？」

「そうそれ！　調理実習室の包丁を片っ端から歪めちゃうわけにはいかないよ。だから、できればこれからも金森にお願いしたい」

そこで大地、優也、不知火は揃って頭を下げた。金森は相変わらず、人のいい笑顔で頷く。

「うん、わかった。正直にいえば、それぐらいしか包丁部員らしいことはできそうにないんだ。だから、仕事を残してもらえるのは助かるし、嬉しい。仕事っていうよりも楽しみかな」

「ＯＫ。じゃあ、そういうことで。あ、でも末那高祭……」

「それは大丈夫。授業時間内なら問題ないし、バレー部の後輩たちもたぶん手伝ってくれるよ」

「それは助かる。じゃあ、また差し入れを持ってくよ」

「そうしてやって。みんなすごく喜んでたから。特に、スイーツ関係。疲れてへとへとになったあと、甘いものはすごく嬉しかった」

「任せといてください！」

小麦粉教信者不知火が胸を叩《たた》いて引き受け、来年の末那高祭も無事に助っ人を確保できる運びとなった。

Cooking Club of boys' school
男子校 包丁部

第三話
クリスマスはチキンorビーフ?

あ、いたいた……

塾の冬期講習の教室に入った颯太は、窓際の席に座っている女子生徒を確認し、ちょっとくすぐったい気持ちになる。

ここ数年、末那高の通塾率は六割、三年生に限っていえば八割を超えている。練習や試合で時間がなかった運動部所属の生徒も夏に引退したあとは、さあ受験、とばかりに塾に通い始めるのが常だった。

そんな中、ひたすら自学で頑張ってきたのが颯太である。

颯太は一昨年、両親の離婚により母親とふたりで暮らすようになった。母親が親権を得たことで、父親が養育費を支払うことになっていたのだが、どうやらそれも滞り気味らしく、家計に余裕はない。大学への進学資金だけでも大変に違いないのに、この上、塾に通わせてくれなんて言えるはずがない。

九月の包丁部引退セレモニーのあと、気持ちを切り替えて受験勉強に臨んだ結果、正解率そのものはわずかながらも上向き始めた。しかし、いうまでもなく入試というのは他者との競争で、いくら颯太の正解率が上がったところで、周囲がそれを上回る勢いで伸びていれば偏差値なんて上がるわけがない。相変わらず合格判定はDやEがずらり。さすがにこれでは……と見かねた祖父母が費用を出してくれて、颯太はなんとか十一月から塾に通い始めた。

既に年金暮らしで生活にゆとりなんてない祖父母が、孫のためにと出してくれたお金である。無駄にしては罰が当たると母にも散々言われまくった。

入試までに残された日数はすでに二桁、とにかく頑張るしかない！　と臨んだ入塾第一日、颯太が駅前の自転車置き場で出会ったのが森村沙耶《もりむらさや》だった。

颯太の家から末那高校までは電車で二駅の距離だったが、颯太は自転車通学を続けていた。理由はもちろん電車代だ。同じ理由から、自転車で通える場所にある塾を探したところ、幸い学校と家の真ん中にある駅前に見つけることができた。ところが、塾には自転車置き場がなく、やむなく颯太は駅の駐輪場を利用することにしたのだ。

通塾初日、学校の授業を終えた颯太は自転車で塾の最寄り駅に向かった。なんとか辿り着いたものの、駐輪場がいっぱいで停められない。授業開始の時間は迫ってくるし、どうしようかと困っていたところ、やってきたのが沙耶だった。

彼女が着ている制服には見覚えがあった。おそらく末那高よりも更に先の駅を利用する共学校の生徒だろう。

白のシティサイクルに乗ってきた沙耶は、いっぱいの駐輪場、そして途方に暮れている颯太を見て、すぐさま事情を察したらしい。

「自転車、入らないの？」

「うん……もう時間ないのに……」

「もしかして西村《にしむら》予備校？」

沙耶がそう訊ねてきた。どうやら颯太のサブバッグから覗いているテキストに気がついたらしい。

「そうなんだ。でも……」

「西村予備校なら、裏の駐輪場のほうが近いよ」

「裏にも駐輪場があるの？」

「あるんだよ。改札口から離れてるから、あんまり使う人いないけど」

自分も西村予備校に通っている。今日は授業がないから図書館にでも行こうと思っていたけれど、ここはいっぱいだから、裏の駐輪場に行く。ついでだから場所を教える、と言われ、颯太は沙耶について行った。

裏の駐輪場は表ほどいっぱいではなく、ふたりはすんなり自転車を停めることができた。

「ありがとう！　助かったよ」

「気にしないで。本当についでだから。じゃあね！」

沙耶は自転車のカゴから鞄《かばん》を降ろし、軽く手を振って駅のほうに走って行った。沙耶が抜け道を知っていたおかげでなんとか授業にも遅れずに済んだ。


なんていい子なんだ……しかも、超かわいい！

月島颯太、フォーリンラブの瞬間だった。

彼女が欲しい欲しいと大騒ぎを続けてきたが、高校入学以来、実際に誰かを好きになることはなかった。

両親の離婚にも原因があったのかもしれない。生活が大変になり、それどころではなくなった上に、夫婦が壊れていく様を目の当たりにして、恋愛に夢を抱けなくなった気がしていた。

それまでのキャラを維持するという意味もあって、口では『女の子大好き』を連発していたものの、本音とはほど遠く、包丁部の仲間たちとの大騒ぎのほうがずっと楽しかった。

そんな俺が、こんなにあっけなく誰かを好きになるなんて信じられない。一目惚《ひとめぼ》れなんて漫画か小説の中の出来事だとばかり思っていたのに……

でもまあ、同じ塾とはいえ、おそらく彼女はずっと前から通っていて、今日から入る自分と同じクラスになるとは思えない。今は可愛い子に親切にされて舞い上がっているが、会うことがなければ、なんとなく忘れていくだろう……

そんな予想がばっちり当たって、その後、颯太が沙耶に会うことはなかった。

最初のころは、塾に行くたびに沙耶の姿を探していた。だが、見つけられないことが当たり前になって、やっぱりな……と思ったころ、颯太は沙耶に再会した。

入試も目前、追い込みの時期に入り、塾では志望校を絞った対策講座が開かれることになっていた。もちろん、颯太も受講する。颯太が狙っていたのは、自宅から通学できる私立大学の文系学部だった。

合格判定は厳しい結果が続いている。ここが踏ん張りどころと塾でも学校でも再三言われるものの、なんとなく力が入らないままに、颯太は教室のドアを開けた。

その教室の窓際、前から三番目の席に座っていたのが沙耶だった。

あ、あの子だ……！

脇目も振らずに勉強しなければならない現状を考えれば、アンラッキーとしか思えない。

それでも、颯太の気持ちは勝手に浮き立ち、周りがぱーっと明るく見えた。

おい、颯太！　入試は目前だぞ、こんなことやってる場合じゃないだろう！　と自分で自分の頭をぼかすか殴りつけそうになった。

授業が始まるまでにはまだ時間があった。とりあえず教室に入り、少し離れた席に座ってみたものの、沙耶が気になってならない。何度目を逸らしてみても、ふと気がつけば窓際の前から三番目の席を見ていた。

だめだこりゃ……

授業開始まであと五分となったところで、颯太は腹をくくって立ち上がると、偶然空いていた彼女の隣の席に移動した。

「あの……」

彼女は自分を覚えているだろうか……

そんなことを思いながらかけた声に、沙耶が最初怪訝な顔をした。

なんだこいつ？　とでも言いたそうに颯太の顔を見ている。だが、颯太が、前に自転車置き場で……と言ったとたん、表情が変わった。

「ああ！　表がいっぱいで裏に回ったとき！」

「そうそう！　あのときはありがとう」

「遅刻しなかった？」

「おかげさまで」

それはよかったね、と笑った顔がドストライクで、颯太は悶絶《もんぜつ》しそうになった。

あー……俺、完全にフォーリンラブだ……

それどころじゃないとわかっていても、いったん始まった恋は止まらない。ここで同じクラスになったのは運命。かくなる上は、受験と彼女、両方ゲットだ、と颯太は勢い込んだ。

その瞬間から、颯太の塾ライフはバラ色に変わった。

同じ授業を受けているからには、志望校だって似通っているはずだ。もしかしたら同じ大学を受けるのかもしれない。

そんな期待の中、授業が終わり、次の授業の教室に移った颯太は、そこでも沙耶の姿を発見した。

「あ、また一緒だね！」

沙耶はにっこり笑って、また窓際の席に座った。

「もしかして同じ大学受けるんだったりして？」

精一杯自然な風を装い、彼女の隣の席に鞄を置きながら颯太が漏らした言葉に、沙耶は弾《はじ》かれたように笑い出した。

「受けるに決まってるでしょ。だって、これ、志望校別の対策講座じゃない」

「あ、そうか……」

確かにこれは志望校対策、同じ大学を受ける生徒ばかりが集まる講座だ。大学どころか、学部まで同じかもしれない！

颯太は更に舞い上がった。頭の中にファンファーレが鳴り響いている。

同じ大学の同じ学部を受験するのならば、それはライバルに他ならない。しかも、相手は自分よりずっと早くから塾に通っている。準備だって進んでいるはずなのだ。冷静に考えれば、もう少し焦るべきだ。だが、そのときの颯太はそんなことはちっとも考えていなかった。それどころか、即座に彼女との夢のキャンパスライフを思い描いてしまったのだ。なんかあの子、頭良さそうだから、あの子はきっと合格する。じゃあ、俺も頑張らなきゃ！

夢のキャンパスライフ実現のために、受験勉強に力が入ったのはもっけの幸い。それ以後、颯太はしゃかりきになって受験勉強に取り組んだ。塾ではもちろん、家に帰ってからも参考書をひっくり返して、問題集を解きまくる。わからなくなると、夜中でも翔平にメールで訊ねたり、翌日学校や塾で訊《き》きまくった。

ひとつわかるとその次もわかる。その次も、また次も……と、颯太はものすごい勢いで問題を解いていった。

その一方で彼女へのアピールも忘れなかった。

土曜の午後や日曜日の授業の際は、ちょっとしたおやつを持参して、何気なく彼女に渡す。

今年の末那高祭はスイーツだ、と決まったときに、スコーンやクッキーの作り方は散々実践した。そのあとも、不知火の発案でスイーツを作ることがたびたびあったおかげで、女の子の好きそうなデザートをいろいろ作れるようになっていた。

仕事に忙しい母親を助けるために料理ができるようになりたかった。狙いは翔平直伝の総菜類なのに、こんなにスイーツばっかり覚えてどうする、と思ったけれど、総菜は既にいろいろ作れるようになっていたし、その上にデザート部門も充実。母親だって甘いものは大好きだし、こうやって女の子に差し入れもできる。今にしてみれば『ありがとう、不知火！』だった。

最初のおやつはクッキーだった。

沙耶ひとりに差し出すのはあからさますぎるということで、颯太はまず、近くの席に座っていた末那高の生徒数人に声をかけた。彼らは、颯太が『包丁部』だったと知っていたため、一斉に群がってきた。

「おー！　さすが包丁部、凝ってるなあ……」

市松、渦巻きはもちろん、搾り出しやキャンディを使ってステンドグラスのように仕上げたものまで満載された紙の箱に、四方から手が伸びた。みんながひとつずつ手にしても、クッキーはたっぷり余っている。そこでひとりの女の子が、沙耶に声をかけた。颯太が最初に声をかけた生徒のひとりとよく一緒にいる子で、どうやら彼らはつきあっているらしい。

「沙耶ちゃん！　沙耶ちゃんももらったら？　月島君のクッキーすごく美味しいよ」

その女の子が沙耶と友達だというのは織り込み済み。彼女は沙耶と同じ高校で、日曜日などは一緒にお弁当を食べている姿を見かけていた。

彼氏のほうに声をかければ、自動的に彼女もくっついてきて、沙耶にも声をかけるだろうという作戦は大成功だった。

「月島君が作ったの？」

驚きの声を上げながらも、沙耶は興味津々でやってきた。沙耶を呼んだ女の子に代わって彼氏のほうが説明を始めた。

「うちの学校には『包丁部』っていう部があって、月島はずっとそこにいたんだ」

かなり本格的だったんだよ」


「『包丁部』？　なにそれ……」

「まあ一種の料理部？　豚汁とかお好み焼きとか、男子腹一杯系ばっかり作ってたんだけど、最近はスイーツにも手を出すようになったらしい。今年の末那高祭のスコーンなんてかなり本格的だったんだよ」

「あ、知ってる！　クリーム添えたやつだよね！　食べた食べた！」

「え、食べたの⁉」

思わず颯太が上げた声に、ちょっと驚きながらも、沙耶は末那高祭に出かけた際にスコーンを食べたのだと説明した。

「あのクリーム、抜群だったよ。美味しすぎて、おかわりまで。けっこう並んでたのに、悪いことしちゃったなあーって。そうかーあれ、月島君が作ってたんだ……」

「いや、あの日、俺はいなかったんだけど、まあ俺でも同じものは作れるよ」

たぶん……という言葉は足さなかった。レシピはわかっているし、前日準備までは自分も参加していたのだ。焼けないはずがない。

「ほんと⁉　じゃあ今度是非！」

了解、と答えたとたん、周りの生徒が大はしゃぎを始めた。末那高祭では自分たちのクラス、あるいは部活で忙しく、スコーンを食べ損ねた生徒が多かったらしい。その幻のスコーンが再現されるとなったら、喜ばないほうが嘘だった。

「でも月島君、そんなことしてて大丈夫？　時間はあるの？」

沙耶が心配そうに訊ねてきた。

ああもう、なんて優しいんだ！　他の奴らはただ、スコーンが食えるって喜んでるだけなのに、この子はちゃんと俺の心配をしてくれる。やっぱり違うよなー。

惚れ直しちゃうぜ、と叫びたくなる気持ちを抑え、颯太はにっこり笑った。

「心配ご無用。実はあれ、そんなに時間はかからないんだ。大半は生地を寝かしたり、オーブンで焼き上げたりする時間だし、作業自体は勉強の合間に息抜きがてらさささーっとできる。クリームだって混ぜるだけだし」

「そうなんだ……じゃあ、楽しみにしてるね！」

「お任せあれ」

胸を叩いて引き受け、次のおやつはスコーンと決まった。

その日、帰宅するなり颯太は優也にメールを打った。

レシピはわかっているが、万が一にも失敗などしたくない。ここはひとつ、実際に作った人間に確認しようと思ってのことだ。もちろん、コツなどもあれば聞いておくに越したことはない。

『颯太先輩、スコーンどころじゃないでしょ！』

そんな書き出しながらも、優也は家庭用に換算したスコーンのレシピを送ってくれた。なんせ末那高祭のときは大量に作った。家で作るなら百個単位のレシピでは困るし、換算する手間も大変だろう。家で妹に教えた際に計算したものがありましたから、とのことだった。

なんていい後輩なんだ、と感謝しつつ、颯太は早速スコーンの生地を作り始めた。寝かせておいて、塾に行く直前に焼き上げれば、焼きたてのスコーンが届けられる。やっぱりスコーンは焼きたてが一番だからな、なんて悦に入りながら、生地を冷蔵庫にしまったあと、颯太は志望校の過去問に取り組み始めた。

*

「颯太先輩、大丈夫なのかなあ……」

冬休みが迫ったある日、調理実習室に入ってくるなり、優也が心配そうに呟いた。

金森の母親はなんとか体力を回復し、助っ人は一段落。金森自身は店番を続けているものの、包丁部員たちは週末に交代で覗きに行くぐらいですむようになった。

調理実習室での活動が再開されたが受験勉強は正念場、三年生の顔はしばらく見ていない。

そんな中でいきなり出てきた颯太の名前に、大地は首を傾げた。だが、不知火は優也同様、心配そうな顔をしている。

「月島先輩、ちゃんと勉強してるんですかねえ……」

「おまえまで……。いったいどういうことだ？」

そこで優也と不知火は顔を見合わせ、頻繁に送られてくるメールについて話し始めた。

「ただでさえボーダー以下なのに、お菓子なんて作ってる場合じゃないだろ！」

「大地先輩、それはさすがに失礼です。どうやらボーダーぐらいまでは浮上したみたいですよ」

「ボーダーなんて全然安心できない！」

「まあそうなんですけどねえ……前が前だけに、本人はヤッホー状態なんでしょ」

E判定オンパレードだった人が、C判定まで漕ぎ着けたのなら大躍進でしょう、と不知火はしれっと答える。優也は優也で、颯太先輩は妙に運がいいから……なんて頷いている。

それなら最初からそんな話を聞かせないでほしい。おまえらと違って俺は心配性なんだ、と怒鳴りたくなってしまった。

「そもそも、なんで颯太先輩はそんなにお菓子を作りまくってるんだ？　元々は翔平先輩同様がっつり野獣飯、総菜万歳だったはずなのに」

「それがですねえ……」

優也がちらりと不知火を見た。まるで自分の憶測が正しいかどうか窺っているようだった。そんな優也の視線を受けて、不知火はきっぱり言い切った。

「事件の陰に女あり。月島先輩、塾でターゲットを見つけたんだと思います」

「あ、やっぱり？　俺もそう思ってた！」

「この期に及んで女⁉　何考えてんだよ、あの人は！」

「まあ、月島先輩ですからねえ……」

厨房男子は女にもてる、と豪語して憚らなかった颯太だ。受験目前であろうがなかろうが、そこにチャンスがあれば食らいつくだろう、と不知火は言う。

颯太の本質はそこまでチャラくない、と弁護してやりたいと思ったが、優也や不知火の話を総合すると、実際に颯太は女の子に差し入れするためにお菓子を作っているらしい。これでは弁解の余地などなかった。

「末那高祭にも来たらしくて、うちのスコーンを食べて帰ったそうです。颯太先輩、末那高祭に出なかったことをすごく後悔してました。何を今更、ですよね」

どうやら優也は、しょっちゅう、その女の子の話を聞かされているらしい。レシピや作り方だけならまだしも、何で惚気話《のろけばなし》まで聞かされなきゃならないんですか、と微妙に憤慨している。

不知火は不知火で、付き合ってるわけじゃないんだから惚気話とはちょっと違うのでは？　なんて冷静な分析をしているが、いずれにしても聞かされるほうは堪ったものではない。

「でもまあ、あのスコーンをおかわりするような子がいれば、月島先輩なら当然目を留めただろうし、その時点で何かが始まった可能性も無きにしも非《あら》ず……」

「おかわり……？」

おかわりと聞いて、大地は嫌な予感を覚えた。

末那高祭の日、ビラ配りの成果もあって包丁部にはたくさんの人が訪れた。

スコーンを食べた人は皆絶賛していたが、さすがにおかわりをする人は少ない……というか、大地が見た限り、たったひとりだった。

「じゃあ、大地先輩は颯太先輩のターゲットを見たんですね？　どうでした？　可愛かったですか？」

早速優也が食らいついてきた。だが、顔を曇らせたままの大地を見て、また不知火と顔を見合わせる。

「どうしたんですか？　大地先輩」

「いや……可愛いかどうかはよく覚えてないんだけど……」

「だけど？」

「その子、確か、ひとりじゃなかった」

「まあ、ひとりでよその学校の文化祭に来てスコーン食べるなんて子は少ないでしょう」

友達と来るのが普通ですよね、と優也は言う。大地が言わんとすることを察しているのに、無理やり違う解釈をしようとしているところは健気《けなげ》だが、世の中そんなに甘くない。

「颯太先輩には気の毒だけど、思いっきり男連れだった」

たったひとり、スコーンを追加注文した子は、その前に一緒に座っていた男子生徒が残したクリームを自分のスコーンに付けてきれいに平らげた。ただの友達の残したクリームをそんな風に食べるはずがないから、あれはきっと彼氏だ、という大地の分析に一年生ふたりは反論できなかった。

「……でも、末那高祭からもう何ヶ月も経ってますし、別れた可能性だってあります」

「そうですよ。もしも今でも付き合ってるなら、きっと塾だって……」

　同じ塾に通って休み時間ごとにいちゃいちゃしているに違いない、と優也は断言する。どこまでも都合のいい解釈に、こいつらはなんて先輩思いなんだ、と半ば呆れてしまう。

「そうとは限らないよ。カップルでも別々の塾なんていくらでもあるし、たとえ同じだったとしても別の授業を受けてる可能性だってある」

　その子がフリーかどうかなんて判断しようがない、と大地は主張した。

「だったらいいでしょう。彼氏がいても、月島先輩が気づきさえしなければ問題ありません」

「そうですよ。どうせ今は、告《コク》るとか告らないとかやってる場合じゃないし、うまくすれば受験の励みにだって……」

「だったらなんでおまえら、颯太先輩大丈夫かなあ、なんて言ったんだ？　お菓子作りを息抜きにしてるにしては、度が過ぎてると思ったからじゃないのか？」

　だったらやっぱり問題だろう、という大地の意見にふたりはぐうの音も出なかった。

「颯太先輩、どれぐらい連絡してきてるんだ？」

「ほぼ……毎週。金曜日の夕方ぐらいになると『なんか女子受けしそうなスイーツはない？』って」

　苦り切ったような顔で不知火が答えた。

「毎週⁉　この時期に毎週お菓子作ってるのか⁉」

それはさすがにまずい。まずすぎる。セレモニーまでやって、きっちり包丁部から引退したはずなのに、この期に及んで毎週スイーツ作り三昧。ミコちゃん先生ではないが『おまえはいったい何を考えてるんだ！』と怒鳴りつけたくなるほどだった。

「もういっそ、あの子には彼氏がいますよーとか言ってみたらどうでしょう？」

「優也、じゃあそれ、おまえに頼むわ」

「えっ⁉　俺？　俺はちょっと……。そういうのは不知火のほうが！」

「ごめんです。なんで僕がそんな引導を渡さなきゃならないんですか。ここは部長の出番でしょう」

「部長は関係ないだろう」

そんな調子で押し付け合いが始まり、結局、誰も引き受けようとはしなかった。

考えてみればそれも当然、わざわざ颯太のがっかりする顔なんて見たくもない。しかも、『あの子には彼氏がいる』というのは過去情報、現在どうなっているかは確認されていないのだ。

「要するに拱手傍観《きょうしゅぼうかん》……あ、拱手傍観は気にはなるけど、見ているしかない状況のことです」

最早通例となった説明を加え、不知火はふう……と息を吐いた。

「月島先輩って、本当にふらふらしてるなあ……。頭は悪くないのに、目標が定まらないというかなんというか……なんだかすごくもったいない気がします」

宝の持ち腐れってああいう人のことを言うんですよ、と優也が追加して、包丁部の三人はさらに深いため息をつく。とにかく、一刻も早く我に返っていただきたい。それが部員たちの心からの望みだった。


そんな日から数日後、大地の教室までやってきた金森が、なんだか申し訳なさそうな顔で『終業式の日、部活に出てもいいかな……？』と訊いた。

目下、金森は昼休みの包丁研ぎ、あるいは包丁部別部室扱いとなった『金森堂』での活動に徹しているのだが、長期休みは活動しないことになっている包丁部にとって終業式は年内最後の活動日となる。それもあって、『たまにはちゃんと参加したい』とのことだった。

大地は、もちろん大歓迎だ。せっかく部員が全員揃うのだからいろいろ作ってランチ会を開いてはどうか、と提案した。

「ランチ会！　それはいいねえ、すごく楽しみだ」

「うちは、休み中は活動しないからクリスマス会、忘年会、ついでに新年会まで豪勢にやろうぜ！　ということで金森、おまえ、何食いたい？」

「うーん……なんでもいいけど、ひとつぐらい俺にも作れそうなものがあるといいなあ……」

「それは大丈夫。翔平先輩じゃあるまいし、そんな難しいことはやらないよ」

「そっか。それならお任せで」

そこで授業開始のチャイムが鳴り、金森は慌てて自分の教室に戻っていった。


「クリスマスランチ会！　それは楽しそう！」

「金森さんの初参加、これは腕を振るわねば！　やっぱりクリスマスと言えばブッシュドノエルですかね？」

ブッシュドノエル？　それってあの丸太みたいなケーキのことか？　そんなもの俺たちに作れるとでも？　なんて思っている間にも、優也と不知火の会話は進む。

「なんでデザートから入るんだよ！　まずはメインを決めなきゃ」

「そう？　別に順番なんてどうでもいいと思うけど。まあいいや、じゃあメインは……」

「クリスマスならやっぱりチキンかな？　丸ごとの鶏になんか詰めて焼いたやつとか？」

脚にコックさんの帽子みたいなのくっつけたりして、と優也は嬉しそうに言う。だが、不知火はもっと現実的だった。

「ローストチキンか……でも、あれはけっこう時間がかかるんだよな……」

いくら終業式といっても、連絡やら掃除やらで昼近くまではかかる。それから調理を始めたとして、食べられるのは夕方になってしまうのでは？　と不知火は心配した。

テーブルの真ん中にどーんとローストチキンがあるだけで、クリスマスの雰囲気はばっちり出せる。そもそも大地は丸ごとのローストチキンなんて食べたことがない。できれば食べてみたい、と思った大地は、なんとかならないかと考え始めた。

「いっそ前もって準備しておいて、当日は焼き上げるだけにするとか？」

「勝山先輩、丸ごとの鶏は焼くだけでも一時間以上かかります」

「そうか……じゃあ……昼休みから焼き始め……」

「大地先輩、終業式ですから昼休みはありません」

だからこそランチ会を開こうって話になったんでしょ、と優也に突っ込まれ、大地は思いっきりへこんでしまった。

「そもそも学校で鶏の丸焼きを作るって発想に無理があります。ここはひとつ、無難にローストビーフ……」

「牛はよせ！」

大地は反射的に叫んだ。

不知火は、ローストビーフなら多少生でも大丈夫だし、鶏ほど時間はかからないのに、なんて不満そうにしている。だが、大地にしてみれば、不知火と牛の組み合わせには不安要素しかない。

『庖丁』という言葉は、牛一頭を料理刀だけで捌《さば》いてしまった男の名前に由来していて、不知火はその語源を面白がって入部してきた男だ。入部当時はしきりに、いつかは牛の解体を……なんて匂わせ、部員たちを不安にさせまくっていた。

小麦粉教への入信で、包丁の語源の実証についてはすっかり忘れたようだが、ローストビーフというのは牛肉の塊を使う料理だ。塊の牛肉を見ることで、うっかり入部動機を思い出されても困る。

とにかく、不知火と牛は一緒にしちゃ駄目だ！

大地はそんな思いを込め、優也を凝視した。小さく頷いたところを見ると、意図はちゃんと伝わったらしい。

「不知火、ローストビーフなんて無理だよ。塊の牛肉がいくらすると思ってんのさ」

「……えーっと……一キロぐらい必要として、五千円ぐらいかな」

「五千円⁉」

高校の部活、しかも弱小包丁部で材料費が五千円なんてありえない。ランチ会なのだからある程度の個人負担は覚悟するにしても、肉だけでその金額では無理がありすぎる。

それなのに不知火は平然としている。

「外で食べるよりずっと安いですよ。それに五千円っていうのは国産の値段。アメリカとかオーストラリアとか輸入物を使えばもっと安いです」

「どれぐらい？」

「百グラム百九十八円とか……」

「だったら最初にそっちを言え！」

一キロの塊でも二千円前後。うまく特売に当たれば、もっと安く手に入るかもしれない。それならなんとかなりそうだ……って違うだろう！

大地は頭をぶん、と振って、再度ローストビーフ阻止に挑んだ。

「あのな、不知火……」

ところが当の不知火は、とっくにスマホで安売りの肉屋のサイトを見つけてしまっていた。

「やった！　ほら水野君、見なよ。このお店、国産牛の腿肉《ももにく》が百グラム二百四十八円だって。一キロは無理でも八百グラムぐらいなら買えそうじゃない？　どうせ他にも料理を作るんだから多少小さめでもいいよね？」

国産牛で作ったローストビーフ、きっと美味しいよ！　と不知火は満面の笑みで言う。

国産牛のローストビーフ……

焼き上がった肉の塊を思い浮かべた瞬間、大地は涎《よだれ》が出そうになった。

しっかり焦げ色がつき、ずしんと持ち重りのする肉の塊を包丁で薄くスライスする。切ったとたんに現れる、周りとは対照的な薄桃色の肉。そこにホースラディッシュとソースを絡めて口に運ぶ。サンドイッチやオードブルにしてもいい。

見栄えも食べ応えもたっぷりのローストビーフはローストチキンと並ぶ、クリスマスのご馳走《ちそう》だった。

「ローストビーフなら前日に焼いて冷蔵庫に入れておけるな……」

「金森先輩が研いでくださった包丁なら、さぞや薄く切れるでしょうね……薄切りのローストビーフを何枚も重ねてがーっと……ああ、旨そう！」

大特価国産牛肉のせいで、大地も優也も、不知火と牛の組み合わせの危険性をすっかり忘れ去り、気がついたときには、メインディッシュはローストビーフに決定されていた。

「じゃあローストビーフは前日に焼く。ケーキはブッシュドノエル！」

不知火がご機嫌でブッシュドノエルのレシピを調べ始めた。

「あとは金森さんでも作れそうなサラダと、ひとつぐらい温かい料理も欲しいですよね。スープとかどうかな……」

スープも作り置きできるし、と言いながら優也もレシピ本を捲《めく》り、ランチ会のメニューが着々と決まっていった。頼もしい一年生に安心するものの、これでは部長の面目が保てない。せめて一品ぐらい自分が主導で決めなければ……と大地もそこらにあった料理本を捲り始めた。

終業式が終わり、明日から冬休みという日、調理実習室に部員たちが集まった。大地、優也、不知火に加えて金森もいる。

クリスマス会、忘年会、新年会をひっくるめたランチ会のメニューは、いくつかのオードブル、ローストビーフ、ミネストローネ、シーザーサラダ、ガーリックピラフにブッシュドノエルと決まった。

不知火を牛肉の塊に関わらせるのはあまりにも危険だ。奴にはスライスされたローストビーフしか見せたくない、ということで不知火はブッシュドノエル専任。小麦粉の吸引力が牛肉の塊の魅力に勝ることを祈るばかりだ。

シーザーサラダ……俺にできるかなあ……と自信なさげだった金森は、意外にも華麗な包丁さばきでキュウリやトマトを刻んだ。どうかすると不知火よりもずっと巧みで、唖然としてしまった大地に、彼はにっこり笑って言った。

「包丁の切れ味を試すには、野菜を刻むのが一番だからね。トマトなんてもってこいだよ」

なるほどなあ……と感心している間に、金森はさっさと野菜を切り終え、きれいに皿に盛り付けた。

「あとはドレッシング？　あ、おろしニンニクとチーズも入れるんだね」

ぱっとレシピを見て、次々に材料を投入。これまた、瞬く間にドレッシングは完成した。おまけに金森は、レシピ本に載っていた完成写真を見て首を傾げる。

「ねえ……この写真はクルトンがのってるけど……」

「ああ、本当はあったほうがいいんだろうけど、店で見つからなくてさ。今回はカットってことで」

ふうん……となんだか納得がいかないような顔をしていたかと思うと、金森はついっと優也のところへ行った。優也はローストビーフの切れ端やゆで卵、ツナ缶などを使ってオードブルを作っているところだった。

「クルトンって確か、パンを揚げて作るんだよね？　ねえ、このパンの耳、使っていい？」

「あ、どうぞ……」

　じゃあ、とばかりに金森はフライパンを取り出し、油を熱する傍ら、パンの耳を一センチ角に刻んだ。熱くなった油にぱらぱらとパンの耳を落とし、きつね色になるまで揚げれば、クルトンの完成。びっくりして見ている部員たちに、金森は、この前、新聞でクルトンの作り方を読んだばっかりなんだ、とこれまたにっこり微笑んだ。

「頭が良い人って、料理の経験なんてなくても知識でなんとかするんですね……」

　優也が金森を見る眼差しに、更に尊敬の色が深まった。


「それでは、包丁部クリスマス会、兼忘年会、兼新年会を開催いたします！」

　調理実習室のテーブルに、ずらりと料理が並べられた。

　ローストビーフは既に焼き上がっている。

　昨日の放課後、調理実習室に満ちていた牛肉を焼く匂いを思い出すだけで、大地は腹が鳴りそうになる。

　レシピによると、このローストビーフは、表面に塩と胡椒《こしょう》をすり込んだあと、肉に穴を開けてハーブオイルを流し込んでから焼くらしい。

それでは、ということで優也がハーブオイルを作り始めた。オリーブオイルにニンニク、生姜《しょうが》、そこらにあった瓶入りの乾燥ハーブなどを手当たり次第にぶち込んでかきまぜる。

鼻歌交じりで次から次へと瓶のハーブを投入していた優也が、オイルの表面を見ていきなり声を上げた。

「うわ、これ、七味じゃん！」

一振りでストップできたのはラッキーとしか言いようがない。慌てて七味だけ取り出そうとしたものの、赤い刺激物はあっという間に全体に広がり回収できそうにもない。

「まあ、俺たち目茶苦茶温い生活してるし、多少刺激があってもいいよ」

我ながら、なんだそりゃ……な台詞で、七味混入をスルーし、大地は出来上がったハーブオイルをケチャップ用の容器に入れる。これさえあれば、肉に開けた穴にオイルを入れるのも簡単だ、ということで百均で買ってきたものだった。

「うきょーっ！　これめっちゃ楽しい！」

大地はハイテンションで肉の塊に箸で穴を開けた。ぶすぶすと肉に箸が刺さる感触が最高に気持ちいい。そんなに楽しいんですか？　と半信半疑で代わった優也もすっかり嵌まり、危うく穴だらけにするところだった。

それでもなんとか無事オイル注入終了。あとはフライパンで表面を焦がし、オーブンで焼き上げるだけだった。フライパンだけで焼き上げるレシピもあるし、最近はそっちのほうが手軽ということで人気があるそうだが、せっかくオーブンがあるのだから、ということでオーブンで焼くことにした。時間はけっこうかかったけれど、一緒に焼いた野菜でソースも作れたし、大満足の仕上がりとなった。大地など、冷蔵庫にしまってきたローストビーフが気になって、夢にまで見てしまったほどである。

その大満足の仕上がりのローストビーフは、きれいに切り分けられふたつの皿に盛られている。

切り方について、紙のように薄く、と主張する不知火と肉なんだから厚切りだという優也の間で一悶着発生したものの、それなら両方にすればいいという金森の一言であっけなく決着した。

それがどんな提案であっても、あの金森の温厚そのものの口調で言われれば、そうだなあ……となってしまうことは請け合いだったが、薄切りも厚切りも捨てがたいと思っていた大地にはありがたい提案だった。もっとも、ミコちゃん先生は、「ホースラディッシュは今ひとつ好きじゃないんだよな……私としてはおろしたての山葵で食べたいところ……」というなんだかよくわからない発言をしていたけれど……

シーザーサラダの上には揚げたてのクルトン。いくつかはサラダにのる前に部員たちの胃袋に消えてしまったけれど、それでも十分な量がある。白濁したドレッシングから微かなニンニクとチーズの香りが漂っている。ドレッシング以外にも粉チーズがふんだんに振りかけられているおかげでチーズの香りは三倍増、シャープな切り口を見せるトマトやキュウリ、手でちぎったレタスの味をぐっと引き立ててくれるだろう。

優也が担当したミネストローネは、野菜連合軍大勝利という出来映えだった。

「余った材料全部ください！　ってか、余ってなくても先にください！」

そう宣言するや否や、優也は昨日ローストビーフを焼いたときに使ったタマネギや人参、ジャガイモ、キャベツの残りはもちろん、サラダに入れるために金森が刻んでいたキュウリやトマトまで強奪した。おかげで金森はもう一度キュウリやトマトを刻み直す羽目に陥ったが、そこは『キングオブいい人』、しょうがないなあ……なんて苦笑しつつ、怒った風もなく新しいトマトやキュウリをまな板にのせていた。

トマトはよしとしても、キュウリまで入れるのかよ……と大地は脱力してしまったが、本人はズッキーニもキュウリも似たようなものでしょ？　と平然としていた。

ともあれ、思いつく限りの野菜、というかそこにあったすべての野菜と、ベーコン、ウインナー、ハムに豚コマといったタンパク質軍団によって作り上げられた主役不明のミネストローネは、確かに美味だった。優也は大得意で鼻を膨らませる。

「ほらね？　スープなんて材料の種類が多ければ多いほど美味しいんですよ！　ま、味付けもばっちりですけどね」

何言ってんだ。何もかも入れすぎて鍋はいっぱい。どれぐらい調味料を入れたらいいのかわからなくなって、味見ばっかりしていたくせに……

そんなことを考えながら、不知火を見ると、彼も微妙な顔をしている。おそらく同じようなことを思ったに違いないが、言わぬが花、ということにしたのだろう。

メインディッシュ、サラダ、スープは完璧に近い仕上がり。デザートのケーキも、もしかしたらもうしばらくで煙突部分が滑り落ちるかもしれないが、少なくとも今はちゃんとブッシュドノエルの形になっている。オードブルは薄切りの食パンを切っていろいろのせただけだが、チーズもスモークサーモンもけっこういいのを使ったから美味しいはずだ。ちなみにそれも不知火の手柄で、国産牛を特売していた肉屋は、なぜかスモークサーモンやチーズまでも特売中。誠に不本意ながら、その店を見つけ出した不知火を褒め称える結果となってしまった。

それはさておき、問題は大地が作ったガーリックピラフだった。

一品ぐらいは自分主導で、と思った大地はメニューに足りない主食に挑むことにした。

ローストチキンなら中に米やパンを使った詰め物をすることでボリュームを出すことができるが、ローストビーフに詰め物はない。いくら牛肉の塊とはいえ、ローストビーフとサラダ、スープにオードブルでは高校男子の腹は満たされない。炭水化物の塊のケーキが控えているとしても、『ケーキは別腹』。ここはやはりがっつり米だろう！

ということで、大地はクリスマスメニューに合いそうなご飯もの、ガーリックピラフを作ることにした。サラダにもローストビーフにもニンニクは使う。どうせ三個ぐらい入ったパックを買うだろうからちょうどいい。ピラフなら、炊飯器に材料をセットしておけば勝手に炊き上がるから失敗もないと思ったのだ。

ところが、すべての料理が仕上がり、じゃあピラフも盛り付けよう……と炊飯器の蓋を開けた大地は、中を見て仰天した。

「……なにこれ……べちゃべちゃ……」

材料の量り間違いではない。水も調味料もきちんとレシピに書かれている量を入れた。優也のスープのように『あるだけ入れてしまえ』なんてこともやらず、タマネギも鶏肉も人参、シメジ、彩りのインゲンに至るまで、デジタルスケールでちゃんと量ったのだ。

それなのに、炊飯器の中の米はべったりべたべた、ピラフというよりもリゾットみたいだった。いや、リゾットならリゾットでかまわないのだ。クリスマスメニューにリゾットはミスマッチじゃない。だがそれは、あくまでもちゃんと炊き上がっていれば、の話だ。

仰天してそっと口に入れてみた米は、ぐちゃぐちゃであるばかりか、芯まで残っている。どうにもごまかしようのない『失敗作品』だった。

「どうしたんですか、勝山先輩？」

失敗の原因も対処の方法もわからず、呆然としているところにやってきたのは不知火である。

「おや……これはまた、珍しいピラフですね」

他の人間がやらかしたことなら、即座に『やかましい、黙ってろ！』と怒鳴りつけただろう。けれど今回の張本人は自分、そんな元気すらなかった。

「ピラフになりたくなかった米たち、とでも言ってくれ……」

「さっき炒めてたときはすごくいい匂いだったのに」

「申し訳ない。材料丸ごと無駄にした」

「うーん……」

ぐちゃぐちゃな上に芯まで残っている米。これでは食べるに食べられない……

そして、不知火が気の毒そうに見守る中、大地はそっと炊飯器の蓋を閉め、『ピラフになりたくなかった米たち』を闇に葬ることに決めた。

「大丈夫です。幸いスープは大鍋いっぱいあるし、サラダもクルトンでボリューム増。腹八分目で味わってもらったほうが、僕のブッシュドノエルの味も引き立つというものです」

珍しく慰め口調になった不知火の台詞が、かえって心に痛かった。


その後、ランチ会は和やかに進行した。

食べ物はたくさんあったし、材料の買い出しや、前日のローストビーフ作りを大地が中心になっておこなっていたことは部員みんなが知っていたせいで、ピラフの失敗は不問に付された。

それぞれが自分の料理を誇る中、落ち込んでいるのは大地だけだ。

これで部長なんてちゃんちゃらおかしい。金森は無理にしても、優也にでも代わったほうがいいのかも……。

大地があまりの情けなさに、あんなに楽しみにしていたローストビーフの味さえわからなくなりそうになっていたとき、調理実習室のドアが勢いよく開けられた。

「お、やってるなー！」

「ミコちゃん先生から、今日はクリスマスランチ会だって聞いたから、差し入れを持ってきた」

「どうしたんですか？」

「翔平先輩！」


時間がないから手作りって訳にはいかなかったけどな、と言いながら、翔平はレジ袋を差し出した。受け取った優也が、中を見るなり叫んだ。

「アイスだ！　やったー！　ケーキにアイス、これでデザートは百点満点！」

そのあと優也は、あ、不知火のブッシュドノエルに不満があるわけじゃないよ、とわざわざ言い訳をした。きっと、不知火が睨み付けでもしたのだろう。ケーキと聞いて、翔平は改めてテーブルの上を確認する。

「あ、ケーキがあったのか！　すまん、不知火！」

おまえがいるんだから、デザートも作れるって考えるべきだった、と詫《わ》びる翔平に、不知火が慌てて応えた。

「いいんです！　水野君の言うとおり、冷たいデザートだってあったほうがいいに決まってます！　アイスで僕のブッシュドノエルが引き立ちますし」

そんな話は聞いたことがない。アップルパイとアイスなら相性ばっちりだろうけど、ブッシュドノエルとアイスじゃ異種格闘技みたいになるんじゃ……？

いずれにしても、受験勉強で忙しい中、わざわざ差し入れに来てくれた翔平の気持ちが嬉しかった。せっかく来てくれたんだから、そのまま帰すわけにはいかない。

「翔平先輩、まあ座ってください！」

「喜んで、といいたいところだが、これから俺も塾があってな」

「あ……そうなんですか……でもお昼を食べる時間ぐらいあるでしょう？」

味見だけでもしていってくださいよ、と優也に引っ張られ、結局、翔平も席に着くことになってしまった。それでも、わずかに目尻《めじり》が下がっているところを見ると、誘われたことを喜んでくれているのだろう。

「ローストビーフか、豪勢だな！」

「日向先輩、薄切りと厚切りとどっちがいいですか？」

「俺は薄切り」

「ほら見ろ、やっぱり正当派は薄切りなんだ！」

「……をたくさん重ねて！」

「翔平先輩、それって厚切りとどう違うんですか！」

「食感が違う」

「……えー……そうですか？」

ローストビーフの厚さ問題でひとしきり盛り上がり、翔平はサラダ、スープと食を進めたところで、ふと保温スイッチがついたままになっている炊飯器に目を留めた。

「飯も炊いたのか？」

あ、見つかっちゃった……

大地は項垂《うなだ》れながら、失敗したピラフについて報告した。気分は『隊長！　作戦失敗、申し訳ございません！』だった。

「ピラフなあ……」

そんなもの失敗することがあるのか？　なんて信じられないものを見るような目で言ったあと、翔平は炊飯器に歩み寄った。

「なるほど……まさしく生炊きだな」

「うう……この炊飯器の中にいったい何人の神様が……」

米の中には八十八人の神様がいる。一粒といえども無駄にするんじゃない。

翔平はよくそんなことを言っていた。炊飯器いっぱいの米ならば何千人いや何万人単位の神様がいたことだろう。

そう思うとますます申し訳なかった。

「そうだな、このままじゃ神様にも申し訳なさすぎるな。ま、ダメ元ってことで……」

そこで翔平は炊飯器をもうひとつ持ってくると、『ピラフになりたくなかった米たち』を半分移した。そして、両方の炊飯器を早炊きモードにしてスイッチを入れる。

「これでなんとかなればいいんだけどな」

とりあえず待機、と言われ、部員たちは炊飯器を気にしながらも、飲食を再開した。

十五分ほどで、両方の炊飯器からコンソメとガーリックの良い匂いが漂い始めた。

「お、イケそうだ」

翔平が満足げに頷く。そこからさらに十分。ふたつの炊飯器からほぼ同時に、ピーピーピーという炊き上がりを知らせる音が聞こえてきた。

「あ、ちゃんと炊けてる！」

「よかったな」

「なんで……？」

唖然としている大地に、翔平がにやりと笑って説明した。

「たぶん、炊飯器の容量を超えて炊いちまったんだろう。米は何合？」

「四合です。この炊飯器は五合炊きのはずじゃ……」

「炊き込みご飯やピラフは具が入る分、炊ける量が少なくなるんだ。この炊飯器ならせいぜい三合までだろうな」

ぎりぎり四合炊けなくもないが、見たところ随分具が入ってるから無理だったんだろう、と翔平は説明した。

「それでふたつに分けて加熱し直したんですか……」

優也が感心している。先程の金森といい、翔平といい、今日の彼は感心しっぱなしである。大地は、彼の感心の対象になれない自分がさらに情けなく思えてきた。

「そのままスイッチを入れてもよかったんだが、まあ、念には念を入れて、だ」

そう言いながら翔平は小皿にピラフを取って味を見る。にっこり笑ったところを見ると、そこそこ翔平のお眼鏡に適うものだったらしい。

「いい味付けだ。炊飯器の容量さえ間違わなければ、かなり旨いピラフになったはずだ。腕を上げたな大地」

「……ありがとうございます……」

容量を間違えるなんて致命傷だろう、とは思った。けれど、結果としてちゃんと出来上がったし、翔平に促されて味見をした部員たちは、一様に味付けを褒めてくれた。それならそれでいいか……と、大地は少し明るい気持ちになった。

「失敗は誰でもする。リカバリー方法さえ、ちゃんと覚えておけば大丈夫」

俺も昔は散々失敗したもんだ、と翔平は笑う。翔平が料理を失敗するなんて想像もできない。

もしかしたら大地を慰めるためにそう言っただけかもしれない。でも彼の言うことは間違っていない。失敗してもリカバリーすればいいだけ。それは、料理だけではなく、生きていく上でもかなり有意義なアドバイスだった。

「ということで、ごちそうさん。じゃあ俺はこれで……」

「お忙しいところ、ありがとうございました」

「おう、まあいろいろがんばれ」

そう言ってドアを開けたところで、翔平は素っ頓狂な声を上げた。

「おまえ、なにやってんだ⁉」

調理実習室前の廊下に座り込んでいたのは颯太だった。

「どうしたあ、月島？」

それまでひたすら食べまくっていたミコちゃん先生も、颯太のあまりにもしょげかえった姿に驚いている。

そもそも名簿から名前が消えても連日通い詰めていた颯太が、ここまで来ておきながらドアすら開けないなんて考えられなかった。

「終わった……」

颯太は体育座りのまま遠い目で言う。

「月島、なにが終わったんだ？　どこかの推薦入試でもしくじったのか？」

ＡＯ入試に玉砕したことは知っているが、推薦に挑んだなんて聞いていない……と、ミコちゃん先生も翔平も首を傾げている。大地と一年生ふたりは、なんとなく顔を見合わせてしまった。

「あー……」

「これはもしかして……」

「颯太先輩、ブロークンハート？」

おそらく、例のスイーツ差し入れ作戦が失敗したのだろう。しかも、十中八九、スイーツを作り損ねたとかいう理由ではなく……

大地がそんなことを考えていると、案の定、颯太は情けなさそうに言った。

「あの子さあ……男がいた」

「やっぱり……」

不知火が漏らした一言に、颯太はぱっと顔を上げた。

「不知火、おまえ知ってたの？」

「いや……僕は勝山先輩から聞いて……」

うわ、こっちに振るなよ、馬鹿野郎！

思わず不知火を蹴飛《けと》ばしたくなった。だが、時既に遅し。颯太はけだるそうな顔で、それでもまっすぐに大地を見ていた。

「えーっと……その人、末那高祭に来たって言ってましたよね？　で、スコーンを絶賛、おかわりまでしてくれたって」

「うん……」

「あの日、スコーンのおかわりをした人はひとりだけでした。でもって……その人は……」

「男と一緒だった……か……。そいつ、不知火ぐらい背が高くて、翔平ぐらいムキムキ？」

確かにそのとおりだった。おかわりをした女の子と背の高い男。しかも不知火のように筋肉はどこだ？　と探したくなるようなひょろひょろ体形ではなく、しっかり鍛え上げた身体。彼女がスコーンをおかわりしなくても、彼氏のほうだけでも目についたはずだ。

大地がやむなく頷くと、颯太は、はあーっと深いため息をついた。

「やっぱり前から付き合ってたんだね。彼氏、沙耶ちゃんと同じ学校で、ラグビー部だったんだってさ」

　なるほど、それならあの体つきもわかる。現役時代はさぞや筋トレに励んだことだろう。もしかしたら大学に入っても続けるつもりで、今も自主トレぐらいしているのかもしれない。

「颯太先輩、なんでそれを？」

「この間、ロールケーキを作ったんだ……」

　不知火のアドバイスにより、ロールケーキは見事に成功。ロールケーキのレシピは、もともとそんなに難しくないし、時間も大してかからない。手軽なわりに見栄えがするということで、沙耶がレシピを教えてほしいと言ってきたそうだ。

　颯太は喜び勇んでレシピを教えた。ところが、そのときの沙耶との会話は、颯太に致命傷を与えた。

「よかったー！　おまえに作れるのはせいぜいクッキーぐらいだろ？　なんて言われて悔しかったんだー。ロールケーキなら立派なものだよね！」

「誰がそんなひどいことを？」

「え……？　ああ、彼氏」

「……彼氏、いるんだ……」

「あ、知らなかった？」

てっきり誰かから聞いてると思ってた、と沙耶は何食わぬ顔で答えた。

沙耶の彼氏はラグビー部のエースで、彼女の学校ではかなりの有名人らしい。そんな有名人と沙耶は中学生のころからの付き合いで、ふたりして交際を隠さなかった結果、今では学校の名物カップルになっているそうだ。颯太は学校が違うけれど、周りの誰かから聞いて知っているとばかり思っていた、と沙耶は言った。

彼は甘いものが大好きなのに、自分はあまりお菓子作りが得意ではない。せいぜいクッキーを焼いてプレゼントするのが関の山。でも、颯太のおかげでお菓子作りにも興味が持てた。レシピも教えてもらったし、クッキー以外のお菓子も作ってみたい。受験が終わったら頑張って取り組んで、クッキーしか作れないなんて言葉は撤回させる、と沙耶は意気込んだ。

「でさ……そのあと、駅で一緒にいるところを見たんだ。なんか、すごく仲良さそうだったよ」

高校生のカップルなんて、すぐくっつく、すぐ別れる、がセオリーのようなところがある。それなのに沙耶と相手の男は、中学生時代からずっと付き合ってきたという。それだけ気持ちも深いし、相性も良かったのだろう。到底入り込めない雰囲気に包まれていたそうだ。

「お呼びじゃなーい！　ってそこら中に貼り付けてある感じ？　何で今まで一度も遭遇しなかったのかな……彼氏がいるって最初からわかってたら……」

颯太は、なんで気がつかないんだ、俺の馬鹿！　なんて頭を抱え込んでいる。

「あー……それ、無理でしょう、颯太先輩」

おそるおそる、でも意を決したように大地は口を開いた。

「無理って？」

「そもそも一目惚れだって言ってたじゃないですか。彼氏がいるとかいないとか関係ありません。知っててもきっと好きになってましたよ」

「……そうか……そうだよな……あはは……」

颯太のうつろな笑い声が廊下に響いていく。いたたまれなくなった大地は、颯太の腕を引っ張って調理実習室の中に誘った。

「颯太先輩、昼飯まだですよね？　俺たち今、冬休み前最後の活動日ってことでクリスマスランチ会やってたんです。まだいっぱい残ってるし、食っていきませんか？」

「クリスマスランチ会かあ……でも俺、飯食う気分じゃないんだけど……」

「まあ、そう言わずに食ってやれよ。俺も相伴したが、結構旨かったぞ」

そうそう、落ち込んだときは旨いものを食べるに限ります、俺たちの進歩の具合を見てください、と四方八方から言われ、颯太はようやく腰を上げた。

「随分いろいろ作ったねえ……」

中に入ってテーブルの上を見るなり、颯太が感心したように言った。

とりあえずデザートに辿り着き、食事は一段落とは言うものの、料理はまだまだ残っている。

高校男子の胃袋なんて底なしだし、たとえ満腹になってもあっという間にお腹は空《す》くと決まっている。では二回り目……ということで、部員たちは颯太と一緒に残った料理に箸を伸ばすことにした。

「旨いな、このローストビーフ。中までしっかりハーブの香りがするし、ソースも絶妙だ」

「そのソース、俺が作ったんですよ。醤油ベースだけど、意外に合うでしょ？」

優也が自慢げに説明した。

野菜を潰したり漉《こ》したりが面倒くさいと、散々文句を言っていたくせに……と大地はおかしくなる。それでもソースを醤油仕立てにしようと言い出したのは優也だし、実際に作ったのも彼だ。仕上がりを褒められて得意になる権利は十分あった。

「ミネストローネもどうぞ。温め直しましたから、身も心もぽっかぽかになりますよ。あ、そうそうサラダもどうぞ！」

「全部優也が作ったの？」

「サラダは金森さんです」

優也に片手で指し示され、テーブルの隅っこに座っていた金森は軽く頭を下げる。

「あー新しい子が入ったって聞いてたけど、君だったのか……。末那高祭のときにお世話になったよね」

「その後はこっちがお世話になりました。俺、あんまり活動には参加できないんですけど……」

「いいって、いいって。人にはいろいろ事情があるよ。とにかく入部してくれてありがとう」

そして颯太は、ようこそ包丁部へ、と手を差し出し、ふたりはしっかり握手を交わした。

そのあと、勢い込んで『金森堂』に乗り込んだものの、包丁研ぎはろくに習得できなかったことや最近の活動状況を聞くうちに、颯太は徐々に元気を取り戻し、翔平のおかげで華麗なる復活を遂げたガーリックピラフの話を聞くに至って大爆笑となった。

よかった……やっと颯太先輩らしい笑顔が見られた……

再び失敗談を語られて面目をなくしたけれど、とにかく颯太が笑ってくれたことが、大地はとても嬉しかった。


「ところで、せっかく盛り上がってるところ悪いんだが、月島は志望校を決めたのか？」

「うわ……なんでここでそれを持ち出すんですか！」

そういう話は個別にするものでしょう！　と颯太は口を尖らせている。だがミコちゃん先生は全く動じなかった。

「なにもここで学校名を言えなんて言ってない。決めたのか？　って訊いただけだ」

「決めましたよ。っていうか、とっくに決まってます！」

でも……と大地はそこで不安を覚えた。

不知火によると、確か颯太の志望校は沙耶と同じで、彼は、彼女との夢のキャンパスライフを実現するために頑張りまくっていたらしい。だとすると、沙耶に彼氏がいるとわかった今、颯太のモチベーションはただ下がりではないだろうか……

隣で優也も考え込んでいる。きっと同じ不安を感じているのだろう。だが、黙り込んだ大地たちに対して、不知火は遠慮会釈のない突っ込みを入れた。

「月島先輩、大丈夫ですか？　『夢のキャンパスライフ』はけっこう遠のいちゃったみたいですけど……」

「……相変わらずぐさぐさ刺すねえ、不知火は……」

　また落ち込みそうになった颯太を見て、大地は慌てて叫んだ。

「だ、大丈夫ですよ、颯太先輩！　次なるターゲットが見つかりさえすればいいんですから、『夢のキャンパスライフ』はまだまだ望みありです！」

「ありがとう、大地。俺もそう祈ってるよ。でもまあ、俺の志望校は沙耶ちゃんに出会う前から決まってた。おふくろも学資のためにものすごく頑張ってくれてるし……」

　颯太の母親はスーパーの店員をしているらしい。パートで忙しいわりに時給が低く、収入を上げるためには勤務時間を増やすしかない。身体だってそんなに強くないのに、颯太のためにと休日もほとんどなしで働いているそうだ。

「十二月に入って、特に忙しくなったんだ。もうほとんど休みなし。疲れてるんじゃない？　身体は大丈夫？　って訊いても、もうちょっとで一年目にいるお金が貯まるからって……。あの姿を見てたら頑張るしかないって気持ちになるよ」

　大学受験で親にできることといったら美味しいご飯を食べさせることぐらいだって言わ

れるのに、それすら満足にできていない。むしろ当の受験生にご飯支度をさせる体たらく。塾の費用だって祖父母に任せてしまった。せめて大学の学費ぐらいは稼がないと親の立場がない、と母親は躍起になっているそうだ。

「そうか……いいお母さんだな……」

ミコちゃん先生に、じゃあお母さんのためにも頑張れ！　と肩を叩かれ、颯太は大きく頷いた。

「わかってます。早く一人前のホテルマンになって、おふくろに楽させてやります」

「え、颯太先輩、ホテルマンになるんですか⁉」

志望校はもちろん、その先にある就職についても、これまで颯太は一切語らなかった。引退セレモニーのときに翔平が大学を経て専門学校に進むかもしれない、と言っていたときですら、自分については語らなかったのだ。颯太がホテルマンになりたがっているなんて初耳だった。

「なんでホテルマンに……？」

「うーん、それがさあ……なんか、おふくろの勤め先の人の影響？」

「月島のお母さんが働いているのって……確か、スーパー亀松《かめまつ》じゃなかったか？」

ミコちゃん先生は、違ったらごめん、と言いながら訊ねた。

「そうです。俺んちの最寄り駅前の店」

「だったよな。でも、あそこ最近ちょっと雰囲気変わったんじゃ……？」

以前はすごく無愛想で挨拶もろくにしないような店員ばかりだったが、近頃は店に入った瞬間、『いらっしゃいませ』という言葉が飛んでくる。笑顔も増えたし、目つきの悪い客も減ったように思う、というミコちゃん先生の言葉に、颯太はぱっと顔を輝かせた。

「やっぱり？　そうなんです！　実はあの店、店長が替わったんです！」

颯太曰《いわ》く、母親が勤め始めたころの職場は万引きも絶えず、いちゃもんとしか思えないクレームも多かったという。安い給料でクレーム対応までやってられない、と従業員の不満は募り、入れ替わりも激しかった。離婚したあと仕事が欲しかった颯太の母親は、とりあえずと家から近くて通いやすいと働き始めたのだが、あまりにも雰囲気が悪くて困っていたそうだ。落ち続ける業績を見かねて、本部が派遣してきたベテラン店長は、業績不良店の立て直しばかり請け負ってきた手練《てだ》れ。着任早々、従業員たちの不満を解消しなければ、と面談を始めた。

その結果、店長はクレームを付けてくる客は全部自分が引き受け、従業員に対応させないようにしたそうだ。自分が不在で、やむを得ず誰かに対応を任せた場合は、どんな結果であろうが自分が責任を負い、徹底してその従業員を労《ねぎら》った。

「クレームって対応がまずいとどんどんひどくなるよね？　それでも店長は一切文句を言わず、その従業員に、自分がいなかったばかりに嫌な目に遭わせた、すまなかった、って言うんだって。それでクレームを付けてきた客の家に行って、一時間でも二時間でも話を聞いて、謝って……こうやって口で言うのは簡単だけど、実際にやるとなったら大変だよ。それも、そんな客はひとりやふたりじゃなかったんだ」

颯太は、当時の店の様子を思い浮かべたのか、深いため息をついた。

「こっちでクレームを収めたら、また次。それが済んだらまた次。もうさ……一日中、謝りっぱなしだったんだ」

夕食の食材を買いに行ったとき、何度もそんな店長の姿を見た。そのたびに颯太は、大変な仕事だ、俺はこんな仕事は嫌だ、と思っていたという。けれど、一ヶ月経ち、二ヶ月が過ぎるうちに、店の様子が変わり始めた。

「店に入ったとたんに、『いらっしゃいませ！』って声が飛んでくる。そこらで品物を並べたり掃除してる人も全員が挨拶するようになった。挨拶が聞こえるだけで、店って明るく見えるんだよ。不思議だよね」

「まあ、挨拶されると気持ちいいし、こっちも自然と笑顔になる。笑顔があれば、雰囲気はぐっと良くなるよな」

ミコちゃん先生の言葉に、颯太は大きく頷く。

「理不尽に文句ばかり言われ続けてれば笑顔だって消えます。でも、クレーム対応をしなくて済むようになって、みんな気持ちが楽になって笑って挨拶できるようになったんだと思います。それに、店長に言わせると、挨拶って『見てますよ』って印なんだそうです」

客の姿を認めなければ挨拶はできない。そこに客がいるとわかっているからこそ、声をかけるのである。挨拶されれば、客も自分が見られていると認識する。あっちでもこっちでも挨拶されれば、万引きもできない……というのが、新しい店長の説らしい。

「ものすごく基本的な話ですよね、それって」

不知火は、客商売なのに今までそれができていなかったほうがおかしい、と言う。だが、大地はそれには反対だった。

「基本を守るってけっこう難しいよ」

勉強でも運動でも基本とわかっていてもできないことはある。できていたはずのことが、いつの間にかずれてしまっている場合もある。だからこそ、基本は大事だ、基本に立ち返れ、と言われるのだろう。

大地の意見に、颯太は苦笑いしながらも同意した。

「そのとおり。あの店は基本がなってなかった。クレームばかりでうんざりしてみんなが暗い顔。挨拶もしなければ、接客だっておざなり。それがまたクレームになったりしてた。だからこそ、そこから変える必要があったし、それに気付いて徹底してやらせた店長は偉いと思うんだ。あの人は、従業員や客の不満をしっかり聞き取って、満足に変えていった」

店長は客の不満をなんとか解消しようと走り回っていた。その底には、クレームをもらうことで従業員が嫌な思いをせずに済むようにしたいという気持ちがあった。

誰だって文句を言われれば落ち込む。嫌な目に遭えば笑顔だって消えるし、明るい声で挨拶なんてできるはずがない。クレームをゼロにするなんて不可能にしても、一件でも減らす。客の不満を解消し、従業員の士気を上げる。そのために店長は連日頑張り続けたのだ。

そんな姿を見ているうちに、従業員達の意識が変わり、挨拶の声が出るようになり、徐々にクレームも減っていった。

「前の店長はクレームがきても部下に押しつけてばかり。自分が嫌な思いをしたくなくて必死だった。でも新しい店長は、人に嫌な思いをさせまいと必死になってる。その違いってすごく大きいっておふくろが言ってた」

「なるほど……」

今度は不知火も同意した。颯太がまた口を開く。

「でね、俺思ったんだ……。世界にはいろんな職業があるけど、結局はものを売ることに尽きるだろう？　商品だったり、サービスだったり、研究成果だったりはするだろうけど、何かの代わりに対価を得る。で、その対価を払ってくれるのって人じゃないか。対価を得るためには『人を満足させる』必要があると思わない？」

一気に話し、颯太は周囲の反応を窺った。もちろん、皆が頷いた。

「だろ？　で、俺は基本的に人と関わることが好きだし、誰かを喜ばせるのも好きだ。だったらそれを商売にしてしまえばいい。サービス業、しかもホテルはそれにうってつけだ、って思ったんだ」

そして颯太は、ホテルは『快適』を売る場所だ、と主張した。

「それがいいものであれば多少接客がまずくても買う、って人はいるだろう。飲食店だって、店長が無愛想でも美味しければいいや、みたいな？　でも、ホテルはそうはいかない」

「確かに……いくら無愛想にされても翔平先輩のご飯なら俺は食べに行きます」

「大地、その言い草は……」

翔平がとほほ……と絵に描いたような顔で言う。だが、言いたいことは伝わったらしく、翔平も他の部員たちもそれ以上咎《とが》めなかった。

「でもホテルでドアマンからフロント、ベルボーイ、清掃係まで全員、いやその中のひとりでも失礼で無愛想だったら、二度と来るか！　って思うだろ？」

「思います！　たとえ超高級マットレスを使ったセミダブルベッド、風呂はジャグジー付き、ガウンは二枚が標準仕様、アメニティだってブランド品を選び放題だったとしても、ごめんです」

不知火が勢い込んで言う。やけにリアルに描写するところを見ると、もしかしたらそういうハードは一流、ソフトは三流、みたいなホテルに泊まったことがあるのかもしれない。どっちもそこそこ、あるいは運動部合宿仕様の『安かろう悪かろう』しか知らない大地にしてみれば、ちょっと羨ましい話だった。

「ホテルはサービスが命。どうせサービス業に就くなら、やっぱり極めないとね」

すみません、先輩、ちょっと意味がわかりません……

大地はなんだか煙に巻かれたような気分になった。

それまでの話が納得がいくものだっただけに、『サービス業を極めなければならない理由』だけが曖昧になる。それでも、颯太本人が納得し、そこを目指して進むというのなら、周りがどうこう言う理由はない。何かを選ぶ根拠なんて人それぞれ、本人が良ければまるごとOKだった。

「というのが俺がホテルマンを目指した理由。向いてない？」

「……天職だと思います」

　素直にその言葉が出てきた。

　人間関係をつくるのが苦手、徹底した料理馬鹿の翔平とは違い、颯太はとにかく人と関わるのが好きだ。人の世話をするのが好き、というよりも困っている人は放っておけない、人が喜んでくれるのを嬉しいと感じられるタイプである。しかも彼はデータを集めて分析したり、何かの予測を立てたりするのも得意。そのいずれも、ホテルマンとしては欠くことができない資質だ。

　それに、颯太の唯一の得意科目は英語で、かなり流暢《りゅうちょう》な英語を話す。いつだったか食材の買い出しに行ったときに外国人に道を訊かれ、躊躇《ためら》いもなく案内した。その後、びっくりして見ていた大地に、颯太は照れくさそうに『ラ講の成果だよ』と言った。

　颯太は、中学からずっとラジオ講座を聞き続けていたらしい。本人は、ラジオ講座ならそんなにお金もかからないし、とか言っているが、興味がなければ続けられることではない。いずれにしてもホテルには外国からの客もたくさんやってくる。英語力が必要とされる機会は多いだろう。

ぴしっとした制服に身を包み、颯爽《さっそう》と客を捌く颯太の姿が目に浮かぶ。彼はきっと優れたホテルマンになれるに違いない。

「だろ？　俺もそう思ったんだ。でもって、もうひとつ考えた」

「なにをですか？」

「俺はいつかでっかいホテルの支配人になって、翔平をそのホテルの料理長にしてやる」

「え……俺？」

いきなり名前を出されて、翔平はびっくり仰天している。なんで俺？　と首を傾げる翔平に、颯太は説明を始めた。

「おまえは絶対すごい料理人になる。でも、その愛想の悪さじゃ普通の店の接客は無理。完全に接客と切り離されるようなでっかい店とかホテルのほうがいいに決まってる。だけど……」

そういう店の採用試験にすんなり通るとは思えない、と颯太は言う。だから、俺の『支配人権限』でおまえを採用してやるよ、と……

「月島、おまえは本当にお調子者だなあ……」

「まったく、なに言ってんだか……」

ミコちゃん先生と翔平は、話にならない、と呆れている。けれど、大地は、案外颯太の心配は当たっているかもしれないと思う。

　働く以上、人間関係は大事だ。誰だって同僚は付き合いやすい人間がいいに決まっている。

　翔平は無愛想で取っつきにくい人間だが、心根はまっすぐだし思いやりも深い。だが、一度きりの採用試験でそれを見抜いてもらえるかどうか定かではなかった。

　とはいえ、颯太が支配人になるまでの間、翔平はどうするのだ、という問題は残る。そんなことをちっとも考えていないところが、いかにも颯太らしかった。

「じゃ、俺たちはこれで……」

「ちょっと待った、月島」

　なんとなく話が落ち着いて、三年生ふたりが腰を上げたとき、ミコちゃん先生が颯太を呼び止めた。

「もうひとつだけ訊かせてくれ」

「なんですか？」

「将来ホテルマンになりたいってのはよくわかった。でも、ホテルマンになるなら専門学校って手もある。というか、そのほうが求人が多い気がするんだが……」

　ミコちゃん先生は、うちの学校は就職する生徒がほとんどいないから、求人情報はあまり持ってないんだが……と珍しく自信なさそうな口調で言った。

「ああ、それ、おふくろにも訊かれました」

颯太は、さもありなん、という様子で答えた。

「だろ？　こう言っちゃなんだが、おまえのところは、その……あれだ……」

またまた珍しく、ミコちゃん先生は言葉を探す。そんな彼女を小さく笑って、颯太は言った。

「お金もないし、でしょ？」

「いや……その……うん、まあそれ……」

「確かに、おふくろはものすごく頑張ってくれてますけど、大学四年分の学費って馬鹿になりません。専門学校ならそれよりは短いでしょうし、もう少し安く上がるところもありますよね」

「だよな……でも、月島は大学を目指す。その理由は？」

「それは俺がチャラいからです」

「は⁉」

大学を目指す理由が『チャラいから』っていったいどういうことだ。

ミコちゃん先生はもちろん、翔平、大地、金森、優也、不知火、オールキャストでびっくり仰天だった。困り果てた顔で翔平が言う。

「颯太、おまえがチャラいのは認めるが、それと大学進学がどう結びつくのか、俺にもわかるように説明してくれ」

「うわ、翔平、そこ完全肯定するか？　おまえぐらい庇《かば》ってくれても……」

「自己申請を否定する意味なんてないだろ？　で？」

「まったく……。まあいいや。俺は自他共に認めるほどチャラい。だから、今現在『将来ホテルマンになりたい』なんて言ったところで、ずっとそのままとは限らない」

「あー……なるほどな」

　ミコちゃん先生が大きく頷いた。

「ホテルマン育成のための専門学校に行って途中で気が変わったら潰しが利かない。つまりそういうことか？」

「ぴんぽーん！　さすがミコちゃん先生！」

「褒められても嬉しくない！　ってか、月島、おまえって奴は――――！」

　もうちょっと親とか教師の苦労を考えろ！　とミコちゃん先生はぷんすか怒っている。

　当然だ。今の今まで、母親の勤め先の店長に感銘を受けて……みたいないい話だったのに、オチがこれでは怒りたくなるのも無理はない。

一方、颯太はけらけらと、それこそ「チャラい」大全開で笑っている。そんなふたりをとりなすように大地は口を開いた。

「颯太先輩らしいといえばらしいですが、あまりストレートに表現しすぎるのは……」

「まったくだ。おまえはもう少し体裁を繕うとか、オブラートに包むとか……」

「それ、ミコちゃん先生に言われたくない……」

翔平がぼそっと呟いた。日ごろから遠慮会釈のない物言いをぶつけられているだけに、台詞に真実みが籠もっていた。颯太は手を叩いて喜んでいる。

「まったくだよねー。育てたように子は育つってことですよ、ミコちゃん先生」

「うが――――!!」

「えーっと、月島……先輩?」

そこで、颯太の名前を確認するように呼びかけたのは金森だった。

彼は、先程から黙って事態を見守っていたが、これでは収拾がつかないとでも思ったのだろう。

「ちょっと提案があるんですけど」

「なに?」

「これから先、何度も周りから同じことを訊かれると思うんですよ」

「まあそうだろうね」

「そのたびに『チャラいから』って答えるのはいろいろ支障があると思います。だから……」

「だから？」

「ホテルマンは語学に長けたほうがいい。昨今、英語はできて当然なので、それ以外の言語も身に付けたい。プラス、観光案内に役立つように歴史や文化について学んでおきたい。しかもそれはガイドブックに載っているような通り一遍のものでは駄目、専門的な知識を得たい。そのために進学する、ぐらいのトークでいかがでしょう？」

「おー……さすが、特進クラス……」

そう言いながら、こいつ、でっち上げの天才だ、と思ったことは金森には内緒だ。ものも言いよう、というのはこの場合に相応しい言葉だった。現に、なるほどなあ……と颯太はしきりに感心している。

「入試で面接があったらまず志望動機を聞かれるし、就職のときだって専門学校じゃなくて大学に行った理由を聞かれる。『チャラいから』なんて答えたら、その時点でアウトだ。でも、今の言い方ならなんの問題もない。いやー助かった、ありがたく使わせてもらうよ！」

「そうしとけ、そうしとけ！」

翔平とミコちゃん先生が異口同音に勧めまくり、颯太の大学進学理由は『観光業に役立つ外国語ならびに専門的な歴史文化の知識習得』ということに決定した。

「末那高雑学博士の俺が引退したら、包丁部の知恵袋がいなくなっちゃうって心配してたけど、君がいてくれたら大丈夫。本当に、ようこそ包丁部へ！」

にこやかに笑って颯太は金森に右手を差し出す。金森と、本日二度目となる握手を交わす颯太を見て、不知火が吠えた。

「月島先輩ひどい！　僕がいるじゃないですか！」

「おまえの知識は偏りすぎだ！　語源と小麦粉関連ばっかりじゃん」

「うん、確かに不知火はもうちょっと理系科目も頑張ったほうがいいな」

月島先輩なきあと、包丁部の知恵袋と言ったら僕に決まってるでしょう！　という不知火の主張は颯太とミコちゃん先生によって完全否定され、大爆笑とともにクリスマスランチ会は終了した。

Cooking Club of boys' school
男子校包丁部

第四話

先輩たちの置き土産——ふわふわ肉まん

大騒ぎのクリスマスランチ会のあと、冬休みを迎えた包丁部は活動を停止、二週間の自主トレを経て、新学期を迎えた。但し、例によって金森は自主トレ継続、昼休みの包丁研ぎのみの参加である。

末那高三年生は三学期になると自宅学習となり、登校の必要がなくなる。生徒が三分の二に減った末那高は校舎も校庭も広々としているが、なんとなく覇気がないようにも思える。そんな中、包丁部員たちは野獣飯と小麦粉教信者への供物を交互に作製しながら、翔平と颯太の戦況を気にしていた。

「翔平先輩はともかく、颯太先輩は大丈夫でしょうか……」

優也がネギを細かく刻みながら言った。

本日の包丁部の課題は『油淋鶏《ユーリンチー》』。これは衣を付けて揚げ焼きにした鶏肉に甘酢ダレをかけたもので、簡単なわりには本格的な中華料理っぽい。

昨日の課題は、小麦粉教信者不知火の発案のドーナツだった。中途半端に残ってしまった揚げ油をこのまま捨ててしまうのはもったいない、ということで本日の野獣飯は『油淋鶏』が提案された。

一年生ふたりが甘酢ダレを作ることに決まり、目下、優也がネギ、不知火がニンニクを刻んでいる。鶏を任された大地は、フライパンが温まるのを待ちながら、壁のカレンダーに目をやった。

「私立……そろそろ結果が出始めるころだな……」

自宅学習に切り替わったはずの三年生が、ちょこちょこ姿を見せ始めた。あれはきっと合否報告とその後の相談に来ているのだろう。

昨年もちょうど今ごろ、同じような感じだった。翔平の前の部長がやけに沈痛な面持ちでやってきたから、これは駄目だったのだろうと思っていたら、調理実習室に入るなり両手でVサインを出した。だったらもっと嬉しそうにやってくればいいのに、と翔平に文句を言われ、『落ちた奴もいるのに目の前で喜べないじゃないか』なんて、心配りたっぷりの台詞を吐いた。

大学によって合格発表日はまちまちだし、翔平や颯太がどの大学を受けるかなんて知らないが、国公立大学の入試が始まるまでには結果が出るはずだ。

合格していればきっと顔を出してくれる。頼むから来てくれ……

そんな思いで、大地は油がたっぷり入ったフライパンに鶏肉を入れた。

ジューッという音とともに鶏肉の周りに細かい泡が立ち始める。ネギとニンニク、生姜もたっぷり入った甘酢ダレは既に完成、皿には添えキャベツも盛り付け済みだ。鶏肉が焼け次第食べ始めようと、優也と不知火が箸を用意し始めたとき、調理実習室のドアが勢いよく開けられた。

「よう、なに作ってんだ？」

「翔平先輩！」

「鶏か……お、タレもある。じゃあ油淋鶏だな」

翔平はせっせと肉に油をかけ回す大地を見て、満足そうに頷いた。

「いい感じだ。これなら焦げすぎも半生もない」

「生はガーリックピラフで懲りました」

「ピラフと揚げ焼きじゃ全然違うけどな」

翔平は嬉しそうに笑っている。この様子ならきっと彼は合格したはず。大地はほっとして、鶏肉をフライパンから取り出した。

「翔平先輩、味見していってくれますよね？」

「え、それは悪いだろう。だって……」

翔平は素早く大地の手元のバットに目を走らせた。そこには今から焼く分の鶏が入れられていたが、焼き上がった分と合わせても三枚しかなかった。

「先輩が来てるのに自分たちだけで食べたりしませんよ」

大地は、たとえ三枚しかなくてもみんなで分けるに決まってるのに、とちょっと心外だった。微妙に頬を膨らませた大地を見て、翔平が慌てて言う。

「それはわかってるけど、俺が来たせいでたっぷり食べられなかったらかわいそうじゃないか。どう見たって今日は『野獣飯』の日だろ？」

「別にいいですよ、そんなの。どっちにしたって鶏はまだありますし、足りなければ焼きます」

「なんだ、そうか。それはありがたい。どうせそろそろもうひとり……」

「月島先輩も今日が発表なんですか⁉」

「颯太先輩も来るんですか⁉」

不知火と優也が叫んだ。やはり彼らも、翔平よりも颯太の合否を心配していたのだろう。

思わず翔平が苦笑いを漏らした。

「おまえらなあ……ちょっとは俺の心配もしてくれよ」

「だって日向先輩は大丈夫だろうってミコちゃん先生が……」

「なんだかんだ言って翔平先輩って、こつこつ勉強してそうだし……」

「……そうか。それはどうも」

不知火と優也に次々に言われ、まんざらでもない顔になった翔平は、ポケットから携帯を取り出してみんなに画面を見せた。久々に見た翔平のガラケーに懐かしさを覚えながら覗き込んでみると、そこには一通のメールが表示されていた。

『末那高の雑学博士無敵！　調理実習室で会おうぜ！』

「ということで、颯太もなんとかなったらしい」

よかったー……と大地は座り込みそうになった。

ミコちゃん先生が、日向は大丈夫だろう、と言ったとき、部員たちから『じゃあ、颯太先輩は？』という質問が出た。ミコちゃん先生は、その疑問に目を泳がせることで答えた。微妙……というよりも、明らかにデンジャラスゾーンにいることを察するほかなかった。受験は無料ではできない。ひとつ受けるたびに諭吉が一枚二枚と飛んで行く。ゆとりがあれば何校でも、それこそ合格するまで受け続けることもできるだろうが、颯太はそうはいかない。

だからといって大学ならどこでもいいというわけにもいかない。英語以外の外国語と歴史文化を学ぶ上で、ここなら、と選んだ学校は颯太には難しいレベルだったのだろう。

だからこそ、みんな心配していた。その颯太が無事合格したと聞けば、腰から力が抜けるのも当然だった。

「あ、じゃあ、やっぱり鶏肉足さないと！」

同じように朗報に酔っていた優也が、はっと気付いて冷蔵庫に走った。不知火は、キャベツも足りない！と千切りを始める。

幸い甘酢ダレだけは大量にあった。実はネギとニンニクを刻みすぎ、甘酢ダレというより薬味の醤油和《あ》えみたいになってしまい、やむなく調味料を足したのだ。

「先輩たちが来るのを予期した俺らって天才！」

なんて悦に入る一年生組に呆れながら、大地はまたフライパンに油をたっぷり入れた。しばらく慌ただしく動き回る後輩たちを見ていた翔平が、堪りかねたように言った。

「あー腕がうずく！　俺にもなんか作らせろ！」

「マジ⁉　やったー‼」

久しぶりに翔平先輩の料理にありつける！

大地はお玉を片手に歓声を上げ、優也はそこらで、なにがでるかな、なにがでるかな
……と踊り出す。

「なにがでるかな、ってあるものしか出ないだろう……って、なにもないじゃないか！」

冷蔵庫を開けた翔平が、情けなさそうな声を上げた。

確かに、冷蔵庫の中は空っぽに近い。翔平たちが引退する前はそれなりの食材が入っていた。食材をいい加減な分量で買ってきては残りを冷蔵庫に突っ込んでいたからだ。

翔平は、残り物を組み合わせてささっと別の何かを作る、ということができた。だが、大地たちにそんなノウハウはない。だから、食材を買うときはちゃんとレシピを確かめ、必要な分量だけを買うようにしていたのである。従って残り物は出ず、冷蔵庫にあるのは分量買いがしづらい野菜ぐらいなものだ。鶏肉が余分にあったのはたまたま二キロ入りの大袋が特売で、鶏肉なら冷凍できるということで買い込んだ結果だった。

「キャベツも使い切っちゃいましたし、あるのはニンニクと生姜が一欠片《ひとかけら》ずつ、あとは……あ、タマネギがあります！」

「肉はないのか、肉は！」

翔平が大地を締め上げた。

野獣飯専門の翔平にしてみれば、始めに肉ありき、薬味やタマネギだけでは話にならないのだろう。相変わらず筋トレに励みまくっているらしく、翔平の腕力は以前とちっとも変わっていない。

「部長たるもの、冷蔵庫の中身にはもっと気を配れ！」

余裕の笑みで、翔平はぐいぐい力を込めてくる。本人は軽く締めているつもりだろうが、やられているほうはたまらない。危うく窒息である。堪りかねた大地は、とうとう悲鳴を上げた。

「ロープ、ロープ！　ってか、翔平先輩、鶏が焦げる！」

「しょうがないな……」

鶏肉のピンチとあらばやむを得ない、ということで、ようやく翔平が腕を放した。大地が、ぷはーっと息を吐いたところに入ってきたのは自称『末那高の雑学博士』だった。

「なにやってんの？」

「あ、颯太先輩！　合格おめでとうございまーす！」

「おうサンキュー、優也。もう聞いてたのか」

「お、おめでとうござい……」

「いいからおまえは鶏を見てろ！」

「大地！　火のついたフライパンから目を離しちゃ駄目だよ！」

翔平と颯太に同時に叱られ、部長の面目は丸つぶれ。大地はとほほ一直線だった。

程なく二回目の鶏も焼き上がり、何を作るにしてもとりあえず油淋鶏を食べてから、ということで、五人が揃って調理台兼テーブルを囲んだ。

「お……皮がぱりぱり。旨いじゃん、大地！」

「まあ、ぎり合格かな」

「翔平、俺、その言葉、しばらく聞きたくない」

颯太の台詞を聞いたとたん、不知火がぶほっと咳《せ》き込んだ。たぶん、みじん切りのネギでも気管に入りそうになったのだろう。しばらく、けんけん、とキジみたいな声を上げていたあと、なんとか異物混入を阻止した不知火は、はあーっとテーブルに突っ伏した。翔平は大笑いだ。

「不知火の急所を突くとは、大したもんだ」

「しゃれになりません！　翔平先輩といい、颯太先輩といい、後輩を呼吸困難に陥れるのは止めてください！」

「おや、翔平も何かやったの？」

「あれは冷蔵庫があまりにも空っぽだったから、部長としての責任をだなあ……」

は？　という顔をした颯太に優也が事の次第を説明、今度は颯太が爆笑だった。

「ひどい難癖だね。翔平、いくら腕が振るえなかったからってそれはないよ」

「そうか？　だが……」

実際、食べ足りなくないか？　と翔平は一同を見回した。

言われてみればそのとおりで、こんなことならせめてご飯でも炊いておくんだったと反省することしきりだった。翔平がいたころは、各人の腹具合までちゃんと考え、主食を添えたり、足りなければ作り足す、ということがおこなわれていた。そこまで含んで部長の責任と言われれば、反論の余地はなかった。

「ま、しょうがないよ。ないものはないんだし」

「タマネギと生姜とニンニクはあります！　鶏肉もあと二枚ぐらいあるから、唐揚げとか？」

「鶏は今食べたばっかりだし、ちょっと芸がないな……」

翔平はそう言いながら調理実習室を見回す。芸とかどうとかいう問題なのか？　と思いながらも、また叱られては堪ったものではないと大地は黙っていた。

冷蔵室が空っぽなのは確認済み、ということで翔平は冷凍庫を開け、中を引っかき回し始めた。

冷蔵室と打ってかわって冷凍室はかなり満杯。だがそれは、小麦粉教信者がクッキーやらスコーンやらの生地を詰め込みまくっているせいだ。それらをオーブンに突っ込んで焼けば、腹の足しにならなくもないが、せっかく翔平が来ているのだから彼の料理を食べたい。けれど冷凍室の中にも、めぼしい食材はなかった。

「さて……どうするかな……」

翔平は、指を顎《あご》に当てて考え込んでいる。そこで口を開いたのは優也だった。

「この前、翔平先輩が買ってきてくれた肉まん、旨かったですよね……」

「肉まんじゃなくて豚まんだ。いや、待てよ……肉まんか……」

季節は冬。しかも日が暮れかけて気温はどんどん下がっている。温かい肉まんは、堪らなく魅力的な食べ物だ。不知火が俄然張り切り出す。

「小麦粉ならありますよ！」

そりゃあるだろうさ。おまえがしこたま買い込んでるからな！　でも……と思っていると、翔平の顔がぱっと明るくなった。

「小麦粉は薄力粉だよな？」

「強力粉もありますけど……」

「いや、薄力粉がいい。あと、ベーキングパウダーもあるか？」

「もちろんです」

「薄力粉とタマネギ……ニンニクと生姜……肉は鶏だが、まあなんとかなるだろう！」

言うが早いか、翔平は壁際の道具入れのところに行き、中からクッキングカッターを取り出した。

「大地、鶏肉を適当な大きさに切って、こいつにぶっ込んでくれ」

「潰すんですか？」

「めったためたのぎったぎた、要するにミンチにしてくれ」

「ラジャ！」

「優也、おまえはタマネギのみじん切りな！」

「またネギ系ですかあ……」

「なんか言ったか？」

「何でもありません！」

呼吸困難三人目はまっぴらごめん、とばかりに優也は大急ぎでタマネギの皮を剝《む》き始めた。

不知火は既に薄力粉とベーキングパウダーを持って待機状態だ。思いもかけぬところで活躍の場を与えられ、小麦粉教信者大喜び、といったところであろう。

「これ、どうします？」

「牛乳と混ぜて……あ、ないか……じゃあ水でも」

「ブリックパックでいいなら購買前の自販機にあるんじゃない？」

「じゃあ買ってこい」

迂闊《うかつ》な発言をした颯太は、直ちに買い物を言いつけられて退場。

完全復活を遂げた包丁部司令塔の前に、自転車を飛ばさなくて済んだだけマシ、と思ってもらうほかはなかった。

「肉まんの生地に牛乳なんて使うの？」

大地の質問に答えたのは不知火だ。

「牛乳で練ると生地の風味がうんと増すんです。ですよね？」

「正解。さすがだな、不知火」

翔平に褒められて得意満面になった不知火は、上機嫌で小麦粉を篩い始めた。

「生姜を擂って、ニンニクをみじん切り。それを全部肉に突っ込んで、と……」

潰し終わった鶏肉をボウルに移し、翔平はせっせと肉餡《にくあん》を作った。

パンなどの生地は発酵に時間がかかるものだが、この肉まんの場合は室温で十分ほど置くだけでなんとかなるらしい。すぐ作れてすぐ食べられる、年中腹を減らしてる俺たちにはぴったりのレシピだ、と自慢げに言ったあと、翔平は小麦粉を薄く撒いたまな板に生地をのせた。

「二十五センチぐらいの棒状にして切る。一本を八つぐらいな。そのあと肉餡を包んで蒸す」

「了解です」

伸ばして切るところまでは不知火が、そのあとの肉餡を包む作業はみんなでやった。

耳たぶみたいなさわり心地に、やっぱり小麦粉最高！　と不知火が叫ぶところまでお約束の流れだったが、無事包み終え、肉まんは蒸し器の中に収まった。

「この前はレンジでチンだったけど、今回は本式ですね！」

依然として上機嫌な不知火に、即座に優也が突っ込んだ。

「本式の肉まんは鶏肉じゃないと思う」

「いいんだよ、鶏でも豚でも牛でも！」

「そうそう、食えればいい。それが旨ければもっといい」

颯太の言葉に全員が深く納得、程なく蒸し上がった肉まんは、ふわふわのほかほか……

「すげえ……こんなにふわっふわの肉まん初めてだ！」

大地は大興奮で、早速肉まんを手に取った。直後、あまりの熱さに悲鳴を上げる。

「あっち————！　マジか、これ！　火傷《やけど》するって！」

「相変わらず馬鹿だなあ、大地。蒸し器で作った奴はレンジよりずっと水分を含むからふわふわになるが、そのかわり熱もすごいんだよ」

「颯太、『相変わらず』って言うなよ。こいつはこいつなりに頑張って……」

そこで翔平はちらりと大地を窺う。

「……るんだよな？」

「翔平先輩……台無しです……」

おそらく翔平は庇ってくれるつもりだったのだろう。けれど、この言い草では、努力の跡が見つからない、と言っているようなものである。翔平にそんな言われ方をしてしまう自分が情けなかった。

俯《うつむ》いてしまった大地を見て、優也が慌てて取りなす。

「いいんですよ！　部活で大事なのはチームワーク、ていうか、雰囲気なんですから」

「そうそう。活動するのが楽しい、みんなでなんかやりたい、それが文化部の基本ですし」

不知火にまでフォローされて、ますます大地は落ち込んでしまう。ところが、先輩ふたりはものすごく満足そうに笑っている。

「なんで笑ってるんですか……後輩にフォローされる情けない部長が面白いんですか？」

「ひがむな、大地。俺たちは素直に喜んでるんだよ。少なくとも優也や不知火にとって『包丁部』は活動するのが楽しくて、みんなでなんかやりたくなる部だってことじゃないか」

「そういうこと。先頭に立って引っ張るだけが部長じゃない。この人、ほっといたらヤバイ、俺たちが頑張らなきゃ！　って思わせるのもありだよ」

だからそれはちっともフォローじゃ……と言い返そうとした。だが、三年生も一年生も、もうこの話は終了、とばかりに肉まんを食べ始めた。

このままではみんな食べられてしまう！　と慌てた大地も、即参戦。ようやく少しだけ冷めた肉まんを手に取った。

かじり付いたとたん口の中に肉汁が広がり、部長のあり方なんてどうでもよくなる。豚肉とは違うあっさりとした鶏挽肉《ひきにく》の味わい、それを引き立てる生姜とニンニクの香り……颯太と不知火が、ポン酢ととんかつソースを持ち出してどっちが旨いか侃々諤々《かんかんがくがく》。とうとう『どっちでもいいから冷めないうちに食え！』と翔平に一喝され、二段の蒸し器をいっぱいにしていた肉まんは無事、みんなの胃袋に収まった。

「ごちそうさまでした！」

幼稚園のランチタイムのようにみんなで手を合わせて唱和し、後片付けまでが包丁部の活動です、と笑い合いながら使った道具を片付ける。

しっかり手入れされている包丁を見て、翔平が満足そうに笑う。

「おまえら、まともに包丁の手入れもできなかったから心配していたが、いい奴が入ってくれたな。これで俺も安心して卒業できる」

「日向先輩、安心して、とか言わないでくださいよ。春になったら包丁部はまた廃部危機と闘わなきゃならないんですから」

「あー、その問題があったか……」

不知火の指摘で、翔平の眉間《みけん》の皺が深くなった。しばらく受験勉強に打ち込んでいたせいで、包丁部に付きまとう問題をすっかり忘れていたらしい。

「大地、優也、不知火にあの金物屋の子、で四人か。あとひとりゲットしないと廃部だな」

「大丈夫だよ、去年より状況はマシ」

「そうそう。また大地をトイレに籠もらせれば……あ、ポケットティッシュ忘れるなよ！」

「颯太先輩、もうその話は勘弁してください」

去年の春、トイレットペーパー切れで雪隠詰めになっていた大地は、ドア越しの会話で優也が包丁部に入りたがっていることを知った。その後、彼を入部させることに成功したものの、援軍が来るまでトイレから出られず、包丁部の面々は発言の主を探すのに大いに苦労することになった。

　どう考えたって、手柄は最初の会話を聞いた大地のものだと思う。だが、その場で捕獲できなかった理由が理由だけに、間抜けさが浮き彫りとなり、大地はことあるごとにこうやってからかわれてしまうこととなった。半ば自業自得とわかっていても、そろそろ忘れてほしいというのが本音だった。

「まあトイレの神様は置いておいて、もうちょっと偶然に頼らない作戦を考える必要がありますよね」

　優也がしれっとそんな発言をした。その偶然だけを頼りに入部してきたくせに、と腹が立たないでもないが、彼の言うことは間違っていない。大地にしても、食い逃げとわかっている生徒相手に秘伝の豚汁を配り続けるのはいやだった。

「秘伝の豚汁だけじゃ弱いってことか……」

　翔平はちょっと残念そうに言う。だが、それをきっぱり否定したのは不知火だった。

「豚汁は弱くないです。あれは百下百全《ひゃっかひゃくぜん》、つまり欠点なんてひとつもない完璧な豚汁です。問題はその豚汁をもってしても、実演する調理実習室に人を誘い込めないってところにあると思います」

豚汁でもなんでもいいから、実際に作っているところを見てもらいたい。そうでなければ『包丁部』の良さが伝わらない、と不知火は力説した。

「僕だって、最初は包丁部に入る気なんてなかった。でも、水野君が誘いに来てくれたとき、調理実習室でのやりとりを思い出しました。あの雰囲気は悪くないなって……。で、とりあえずって入ってみたら、料理が予想外に楽しかったんですよね」

優也も加勢する。

「俺もそう。最初は妹のためだったけど、今じゃそんなことどうでもよくなりました。だから、ここに来て、俺たちの様子を見てもらえば、絶対『あ、面白そう。料理やってみたい！』って思うはずです！」

「僕も水野君もこの調理実習室に来て、先輩たちのやりとりを見ました。その上で入部を決めたんです。僕は人とつるむのはけっこう苦手なんですけど、ここならなんとかやっていけそうだなーって……」

一匹狼《おおかみ》は気楽ですが、せっかく学校に来てるんだから少しは人間関係を広げないと……なんて不知火は言う。らしくないなあ……と思う一方、大地も彼の意見には賛成だった。

「それには俺も賛成です。俺だって、颯太先輩に無理やり入部させられたようなものだけど、それでも幽霊部員化しなかったのは、やっぱりここが楽しかったからだし」

「でしょう？　つまり、とにかく調理実習室に連れ込んで、僕たちがどんな風に料理をしているのか見てもらうのが大事、ってことでOK？」

全員が素直に首を縦に振った。

「とはいえ、完全無欠の豚汁でも誘い込めなかったのに、いったいどうすれば……」

翔平は難しい顔で考え込むし、他の部員たちにもアイデアなんてない。しばらく無言でいたあと、考えあぐねたように颯太が言った。

「不知火、言い出しっぺがプランを提供すべきじゃない？」

水を向けられた不知火は、これまた珍しく躊躇うように周りを見回した。

「実は僕、新入生歓迎会で出すメニューを変えてみたらどうかと思ってるんです」

「そりゃないって！」

大地は思わず叫んだ。

豚汁は新入生歓迎会における包丁部の看板ともいうべき料理だ。変えてみたらどうか、と言われても簡単に頷けるものではなかった。

翔平と颯太も顔を見合わせている。自分たちは既に引退した身、決めるのはおまえたちだ、と言いながらも、やはり彼らの口から出てきたのは否定的な言葉だった。

「豚汁は代々伝わってきた名物料理だからなあ……」

新入生歓迎会には豚汁を作る、それは包丁部ができた当時からの慣例なのだ、と翔平は困ったような顔になった。

「作り置きできるし、寒さが残ってる時期だから温かい汁物は外せないと思うが……」

「でも、温かいものって豚汁に限らないでしょう？」

「例えば？」

「……今食った肉まんとか……」

「それって単に小麦粉を使えるからじゃないのか？」

おまえ、小麦粉が大好きだからな、と翔平は苦笑した。だが、意外にも不知火は真剣に反論した。

「それだけじゃありません！　肉まんは豚汁よりずっと配りやすいし、食いやすいです。箸もお椀もいりません」

「それはいいかも……」

大地は思わず不知火に同意しそうになった。新入生歓迎会のとき、使い捨て容器なんてもってのほか、という翔平のポリシーのおかげで、大地は洗い物に難儀した。

椀ぐらい大量にある、と翔平は言ったが、その大量のお椀を洗うほうの身にもなってくれ、だった。

確かに、肉まんであればそんな心配はいらない。トングか何かで挟んでぽいっと渡してしまえばいいのだ。衛生的に問題があると言われれば、コンビニが使うような紙の袋でも買ってきて突っ込めばいい。少なくとも洗剤で手の脂分が全部失せてしまうようなことにはならないだろう。

それに今回翔平が作ってくれた肉まんは、材料の種類も少なく、作り方自体とても簡単なものだった。これなら天才料理人翔平がいなくても、自分たちだけでもなんとかなりそうに思えた。

ところが、大地が賛成に一票を投じようとしたとき、優也が口を開いた。

「でもさ……メニューを肉まんに変えたところで、調理実習室まで来てくれないって問題は解決されないいんじゃないの？」

優也の疑問は至極ごもっとも。けれど、不知火は平然としたものだった。

「肉まんだけならね」

「というと？」

「肉まんだけじゃなく、いわゆる点心ってやつをいくつか出したらどうかと思うんだ。で、調理実習室でしか食べられないメニューを作る」

「あ……なるほど、それなら調理実習室まで人が来るね！」

優也が嬉しそうに言う。だが、翔平は依然として渋い顔のままだ。

「食い逃げ対策は？　肉まんにしても他の点心にしても、ひとつやふたつ食べるのなんてあっという間だぞ。滞在時間は豚汁よりもずっと短くならないか？」

「翔平……それ、ちょっと違うかも」

小首を傾げて言ったのは颯太だった。

「豚汁って、大鍋で作るだろう？　それって、全部いっぺんに完成させるってことだよね？」

「もちろん。それがなにか？」

「要するに完成しないと配り始めない。だからできたころを見計らってやってきた奴らは製作過程を一切見ることがない」

「そうなるな……」

「でも、点心って……」

「あ、そうか！　肉まんなら、蒸す、配る、作る、蒸す、また配る……って繰り返せる！目の前で作る様子を見せられるんだ！」

大声で叫んだ大地に、颯太は正解！　とばかりに親指を立てる。翔平の顔が少し緩んだ。

「なるほど……そういう利点があるか……」

「ありったけの蒸し器を出して、一度に蒸し上げるって手もありますけど、あえて待ち時間を設けてその間に包丁部の雰囲気を味わってもらえばいいんじゃないかなーと……」

「考えたな、不知火！　確かに豚汁は完成してしまえば、後は盛り付けぐらいしかできない。大鍋で二杯、三杯と作っても仕方ないからな。だが、点心はそうじゃない」

「少なくとも、餡を包む過程ぐらいは目の前でやれます」

「でも、それってけっこう面倒くさいんじゃない？」

説明会の間、ずーっと肉まんを作り続けるってことでしょう？　と優也が及び腰になってしまった。大地は、ついさっき、料理は楽しいと言ったのはどの口だ、と捻《ひね》り上げたくなってしまった。

でもまあ……優也の気持ちもわからないでもない。とろ火にかけておくだけの豚汁に比べれば、いくら簡単とはいえ、肉まんを延々と包み続けるってのはなあ……。いや、でも、待てよ……

そこで大地は、思いっきり元気よく手を上げた。

「はい、はーい！　いいこと思いつきました！」

「なんだ、大地？　おまえのいいことってあんまり『いいこと』って気はしないんだが

「……」

「ひでぇ！」

「翔平、まあそう言わず、聞くだけでも聞いてみようよ。聞くだけでも！」

「颯太先輩まで……」

「悪い、悪い。ついからかい癖が抜けなくってさ。大地を見ると、なんかいじらなきゃならないような気がして」

「颯太もか！　実は俺もそうなんだ。ということで、大地、諦めろ」

諦められませーん、と泣き真似をする大地に、優也と不知火が大きく頷く。

「これこれ、この雰囲気ですよー。これこそが包丁部の売りなんです！」

「そうそう。みんなして勝山先輩をいじる……」

「ちょっと待て、不知火！　先輩が後輩をいじる、じゃなくてみんなで俺をいじるのか！」

「そこはほら、日向先輩のおっしゃるとおり諦めてください」

「で、大地、いいことってなに？」

颯太が急ハンドルで話題を元に戻す。この唐突さも包丁部名物かもしれない、と思いながら、大地はようやく自分のアイデアについて話し始めることができた。

「その包むところからやってもらったらどうかと思うんです」

「新入生に包ませるの？　やるかな……」

颯太は首を傾げている。豚汁を作るところですら見に来ない連中が、わざわざ作りにやってくるだろうか、というのだ。

「それはやり方次第だと思いますよ。点心なんてどれもみんな小さいじゃないですか。一個食ったぐらいじゃ全然物足りない。最初の一個はできてる分を食べさせて、次からは自分で作った人だけが食べられる、とかいうシステムにしちゃえばどうでしょう？」

上限を決めておく必要はあるけれど、自分が作った分は食べられるとなったら、参加する人間は増えるかもしれない。食い逃げだって減る可能性はある、と大地は力説した。

一番に賛成してくれたのは優也だった。

「それはいい考えかもしれません。いわゆる体験型ってやつですよね」

「料理を体験して、おまけに食べられる。僕たちは面倒くさくない。グッドアイデアですよ、勝山先輩！」

不知火にまで手放しで褒められ、大地は得意満面になった。

だが、ほら見ろ、俺だってやるときはやるんだ！　と言おうとしたとき、見事な横やりが入った。

「あーでもな、大地。覚悟はしといたほうがいいよ。自分がやるより、人にやらせるほうがずっと大変なんだよ」

「まったくだ。おまえらに料理を教えるのは本当に大変だった」

　大地は言うまでもなく、颯太も最初のころは相当……と翔平は苦笑する。

『おまえら』の中に、自分まで突っ込まれてしまった颯太は、がっかりもいいところだった。

「でもまあ、どっちみち新入部員が来たら教えなきゃならないんだから、そのノウハウをゲットするためにも、体験型っていうのはいいよね。点心ならバリエーションも多いし、みんなで考えればいいアイデアもたくさん浮かぶと思う」

「だな。進行状況を含めて、実際に見られないのは残念だが……」

　電話でも、メールでもいいから機会があったら話だけでも聞かせてくれ、と翔平が言うと、颯太も『俺にも！』と名乗りを上げる。

　そんなやりとりを見ていた優也が、意を決したように口を開いた。

「そのことなんですけど……あの……翔平先輩、それに颯太先輩も……」

「おふたりが大学に合格されたのは聞いたんですけど……それってこのあたりの学校ですか？」

もうすぐ三年生は卒業してしまう。引退後、特に自宅学習期間に入ってからほとんど学校には来なかったけれど、それでもたまには覗きに来てもらえた。でも大学に入って、しかもそれが遠くの学校となったら今までどおりにはいかない。それを考えるとても寂しい、と優也はため息をついた。不知火も頷いている。もちろん大地も全く同じ気持ちだった。

「……ははは、そうか。そう思ってくれるんだ、いや……嬉しいなあ……」

颯太が満面の笑みとなった。翔平は、と見ると天井を向いて、必死になにかを堪《こら》えているような表情……

これはどうしたことか、と思っていると、翔平は照れくさそうに言った。

「去年、三年生を送ったとき、俺はそんなこと少しも思わなかった。大して料理も上手くないくせに、理屈ばっかり捏《こ》ねて煩《うるさ》い奴らがいなくなってせいせいしたんだ。だから、おまえたちもそうなんじゃないかって」

「うん。俺たち、君らをいじり倒したし、そうじゃなくても、先輩って基本は『うざい』もんだしね」

「そんなことあるわけないじゃないですか！」

優也にしては珍しい大声。そして、大地は不知火にそっと目配せをする。数秒後、大地が颯太に、上背のある不知火が翔平に後ろから腕を回し、のど元をぐいっと締め上げた。

不意を衝かれたふたりがぐえっと声を上げる。

「日向先輩、なにを、言って、るん、ですか！」

「颯太先輩、俺は、今、壮絶に、悲しい！」

「先輩たちのこと、こーんなに慕ってるのにー！　ってか？」

最後の台詞を優也が決めて、ようやく制裁終了。大地はこほんと咳払いをして言う。

「俺たちは、いつでも翔平先輩と颯太先輩を待ってます。いじってくださるのも『愛』ある故だってちゃんとわかってます。だから、卒業しても機会がある限り、ここに来てください」

「大地先輩はあと一年しかいませんけど、俺たちはあと二年ありますから！」

「もっともっと日向先輩の野獣飯、食わせてください！　あ、月島先輩も一緒に食いましょう」

「俺は作るほうばっかりかよ！」

「作るほうを全く期待されないってのも……」

三年生の嘆きの声に、笑いの渦が巻き起こった。

「いずれにしても、俺も翔平も自宅通学決定。大学に行ってもときどきは覗きに来るよ。

これまで作ってきた料理のレシピもファイル化しておいていくし」

な？　と颯太は確認するように翔平を見た。だが、翔平はちょっと困ったように眉を顰《ひそ》めた。

「レシピをファイルに……なあ……」

「大丈夫だよ。実際にまとめるのは俺がやる。おまえがそういうの苦手だってわかってるから」

翔平が今まで作った料理を再現してくれれば、手順とか分量とかをチェックしてちゃんとレシピに仕立てる、と颯太が胸を叩いて引き受け、翔平はようやく安心したような顔になった。

「そうか、それならできそうだ。受験も終わったし、俺たちは引っ越しもない。時間はたっぷりあるから卒業までにはなんとかなるかもな。あ、そうだ、四月以降のことを考えて、いくつか新しいのも入れておいてやる」

翔平のオリジナル料理レシピ、しかも新作つき！

新年度も包丁部が存続するかどうかはわからない。それでもレシピ集があるというのはとてもありがたい。新入生勧誘に奔走する傍ら、メニュー決めに悩まずにすむのだ。

その日の活動でどんな料理を作るか、というのは部長が率先して決めるべき課題ではあったが、包丁部に入部して一年少々の大地にとっては、いささか荷が重い。そんな大地にとって、翔平のレシピ集は、天の恵み。感謝感激雨あられ、大地は三年生ふたりに最敬礼を送った。

「ありがとうございます。すごく助かります！　ということで、おふたりとも本当に第一志望合格おめでとうございました！」

「う……」

そこで翔平が胸を押さえた。なにごと？　と思っていると颯太が馬鹿笑いを始めた。

「大地、世の中そんなに甘くないよ。俺たち、どっちも第一志望には見事に振られた」

「はあ⁉　だって……」

翔平は大丈夫だろうってミコちゃん先生は言っていたし、颯太はそもそも一校しか受験していないはずだ。だから合格＝第一志望だと思い込んでいたのに……

「俺の第一志望は別の大学だったんだが、見事玉砕。ま、元々志望校と言うより無謀校。ミコちゃん先生なんて受験するって決めたときですら本気にしてくれなかった」

だからミコちゃん先生の中では、今回合格した私立大学が翔平の本命ということになっていて、それを踏まえての『大丈夫』だったのだろう、と翔平は説明した。

「颯太先輩は？　確か一校しか受けてませんよね⁉」

「うん、一校だけ。そこが第一志望。でもね、学部は違うんだ」

同一大学複数受験ってやつ、と颯太は笑った。なんでもその大学は同じ受験料でいくつかの学部を受験できたらしい。だから颯太は、上限いっぱいまで志願し、そのうちの第三志望の学部に合格したそうだ。

「ひえ……恐るべし受験システム」

「大地、そのあたりはちゃんと調べとかないと、すぐに受験になっちゃうぞ」

「大丈夫かな……俺……」

「大丈夫じゃないんじゃないですか？　勝山先輩は。現時点の成績は、きっと去年の月島先輩を下回る勢い……」

「不知火――――！」

今度は不知火を締め上げようとしたが、背の高さが違いすぎて未遂。やむなく脚を蹴っ飛ばそうとしたが、こちらも見事に空振り。先輩、後輩、合わせて四人は大爆笑である。

俺は結局、いじられっぱなしで卒業か……？　と、この先の活動に不安を覚える大地だった。

第五話

点心で新入生をゲットせよ！

三月がやってきた。

三年生が、全く似合わない黄色の造花を胸に卒業したのは一週間前、三月七日のことだ。

もう一ヶ月もすれば今度はピンクの造花を飾った新入生が入学してくる。同じ男ばっかり四百名でも、一年生と三年生とでは雰囲気、というか暑苦しさが違う。黄色にしても、ピンクにしてもやはり花は一年生のほうが似合うに違いない。

自分たちが既に『むさ苦しい三年生』になる寸前であることを棚に上げっぱなし、大地は金森に新入生勧誘作戦の相談をしていた。

金森は依然として家業の『金森堂』の手伝いに忙しく、ゆっくり相談できるのは昼休みぐらいしかなかった。

「へえー点心か……面白そう！」

金森は今年は包丁部名物の豚汁を作らないと聞いて、最初は残念そうにしていた。だが、その代わりに作るのが点心だと聞いて、俄然張り切り出した。

「それってどうやって提供するの？　保温とかの方法はもう考えた？」

「えーっと……点心がいいなあ、ってぐらいで細かいことはまだ全然」

「うわ、勝山君、呑気すぎるよ！　さっさと決めて動かないと、あっという間に春休みだし、それが終わったらすぐに入学式じゃないか」

「うーん……それはわかってるんだけどさ。まだメニューすら固まってなくて……」

　これまでは新入生歓迎会には豚汁と決まっていたから、昨年やったことをそのまま繰り返すだけで済んできた。ところが、今年は違う。点心なんてこの間の肉まんぐらいしか作ったこともない。他にどんな種類があって、どれが新入生歓迎会に相応しいか、なんて大地には見当もつかない。やむなくメニュー選びについては不知火に一任、今日の放課後あたり、結論を出すことになっている。提供方法なんてまだ先の先だった。

「メニューなんて決まってなくてもいいじゃない。点心なら『蒸す』『揚げる』『焼く』のどれかだろ？　三パターンでそれぞれの対応を考えておけばいいだけ」

「そんなに簡単に言わないでくれよ」

「簡単に考えないと、前に進まないいじゃないか」

　金森の言うことは至極ごもっとも。だが、大地には彼のように頭の中を整理してこれはこの棚、あれはこっち、なんて片付けられない。それができていれば、勉強だってもうちょっとなんとかなっていたはずだ。

金森は、とほほ……と項垂れてしまった大地を慰めるように言う。

「とりあえず肉まんは決まってるんだよね？　まずはそこから考えようよ」

「お、おう……」

そして金森は、机からレポート用紙を取り出してなにやら書き込み始めた。

「肉まんなら蒸し器がいる、と。蒸し器は調理実習室にいくらでもあるけど、外に持ち出すためにはコンロがいるよね？　カセットコンロで大丈夫なのかな……」

「それは大丈夫。この間、優也が家で実験してみたらしい」

新入生歓迎会の予行と妹教育をかねて、優也は家で肉まんを作ってみたという。その際、より新入生歓迎会のシチュエーションに近くなるように、カセットコンロを使ったそうだ。

「蒸し器に入れるお湯を沸かすのに時間がかかるけど、それは予め調理実習室で沸かしたものを入れれば大丈夫……」

「その場で蒸すつもり？」

「え、駄目？」

「待ち時間が多すぎるだろう。調理実習室で蒸し上げて、上だけ持って体育館前の通路に持っていくほうが合理的じゃない？」

例年、新入生歓迎会がおこなわれるころ、体育館前の通路はけっこう風が吹いている。豚汁のときですら、風で火が消えるのを心配して、アルミガードを使ったぐらいである。そんな場所で一から肉まんを蒸し上げる必要なんかない、と金森は力説する。

「そうか……そうだな」

「だから前回同様、通路の机では保温するだけ。どれぐらいの頻度で補給がいるかを、シミュレーションする必要はあるけど」

「了解。考えとく」

「あと、揚げ物や焼き物は保温の仕方が違ってくるし、そもそも長時間の保温はよくないよね？」

春巻きにしても餃子《ギョーザ》にしてもやはり出来たてが一番だろう、とは大地も思っていた。だから、体育館前の通路に持って行くのは肉まんのみ、メニューを増やすにしてもシューマイなどの蒸し物に限るつもりだった。

「うん、正解。じゃあ、不知火が揚げ物と焼き物とか言い出したときは調理実習室で。まあ、新入生に春巻きを巻かせて、その場で揚げて食べさせれば、きっと喜ぶよ」

「来てくれればいいけど……」

別メニューを仕立てて調理実習室に誘い込む。だが、その作戦が当たらなかったらどうしよう、と大地は不安を訴えた。

「来なければこっちから行くしかないよね。いいじゃない、ワゴンサービス」

「ワゴンサービス⁉」

「うん。テレビとかで見たことない？」

しばらく考えたあと、金森が提案したのは、香港で盛んにおこなわれているというワゴンサービスだった。

小型の蒸籠《せいろ》に入った点心を何種類も積み上げたワゴンでテーブルを回り、客が好きなものを選ぶというスタイルだ。

「放課後、一年生が部活めぐりするよね。運動場や体育館にワゴンを持ち込んで、点心を配ったら相当目を引く。で、そこでも……」

「他のが食べたかったら調理実習室へどうぞ？」

「ピンポーン！」

「いいアイデアだけど、できるのかなそんなこと……」

「できるのかな、じゃなくて、できるように考えるんだよ」

できないが前提じゃなにも始まらないよ、なんて、金森が受験勉強にも大いに役立ちそうな助言をしたところで、昼休み終了を知らせるチャイムが鳴った。

「俺も実現できる方法を考えてみるから、勝山君も一年生たちと相談しておいて」

「うん……サンキュ」

「どういたしまして」

俺も包丁部の一員だからね、と嬉しそうに笑い、金森は自分の教室に戻る大地を見送ってくれた。キングオブいい人は相変わらず、大地の強い味方、卒業するまで、いや、たとえ卒業しても頭が上がりそうになかった。


「なるほどワゴンサービス、それはいいですね！」

放課後、金森の提案を聞いた優也は大乗り気だった。来ない客を待ち続けるよりも、こっちから行ってやろうという『攻めの姿勢』が素晴らしいのだそうだ。

一方不知火は、ひどく難しい顔で考え込んでいる。

「一見いいアイデアのように見えますが、現実的じゃないですね」

「なんでさ！　ワゴンに乗っけて校内を回るだけだろ？　できるに決まってるじゃん」

優也が食ってかかった。挙げ句の果てに、代案も出さないで非難だけするなんて最低だ、なんて怒り出す。金森のアイデアを否定されたことが、よほど気に入らなかったのだろう。

しかし、そんな優也の反論に不知火は全く怯《ひる》まなかった。

「ワゴンサービスには専用のワゴンがいる。でも、そんなものうちにはないよね？　うちの学校は広いから、ワゴンに乗せて回ってるうちにどんどん冷めてしまう。それでもいいの？」

点心のワゴンサービスは『香港式飲茶《ヤムチャ》』と呼ばれ、専用のワゴンがあることが前提だ。自分も何度か経験したが、保温機能を搭載したワゴンに小さな蒸籠を積み上げ、客に気に入ったものを選んでもらうというものである。選ぶ楽しさを与えられる上に、保温したままテーブルまで運んでくることで、熱々の点心を食べられるという利点がある。

冷めた点心なんて興ざめもいいところだ。でも温かいまま配り歩くためには保温設備がいる。ワゴンサービスは始めにワゴンありき、しかも保温機能が搭載されていてこそなのだ、と不知火は力説した。

香港式飲茶のワゴンサービスなんて見たこともなかった大地は、驚いてしまった。

保温機能が搭載されたワゴン……そんなものが末那高にあるわけがない。体育館前の通路に置いた机であれば、カセットコンロの使用も可能だが、それをワゴンにのせて移動するのは危険すぎる。学校の許可が得られるわけがなかった。

「正直、僕は空理空論だと思います」

不知火は例によってよくわからない四字熟語を持ち出し、ワゴンサービスは無理だと言い張る。

言い返せなくなった優也は、調理実習室の戸棚を開けたり閉めたりしながら、何か使えそうなものはないかと探し始めた。

「だめだ……やっぱり使えそうなものなんてない……」

優也が諦め口調で呟いた。

調理実習室にある備品で、包丁部が知らないものなどない。その中に、保温器具、しかも移動しながら使えそうなものはひとつもなかった。翔平の下でもっぱら下準備や後片付けに奔走していた大地にしてみれば、わざわざ調べるまでもないことだった。

「ワゴンサービスなんて無理。ビラ配りのほうがずっと現実的です」

人が集まりそうな場所に行ってビラを撒きまくるしかない、と不知火は言う。代案もなしに非難しているわけじゃない、とでも言いたそうな顔だった。

末那高祭のときは三年五組イケメンクラスの前でビラを配ってそれなりの成果を得た。今度は、バスケ部とかサッカー部とかの強豪運動部が練習しているところで配ればいいのでは？　と言うのである。

だが、サッカー部はともかく、バスケ部はまずい。バスケ部とバレー部は同じ場所、体育館の隣り同士のコートで練習しているのだ。バスケ部を見に来る新入生を狙ってビラを撒いたところで、バレー部への影響が皆無とは言い切れない。末那高祭のときに、あれだけ世話になったバレー部にそんな仕打ちはできなかった。

「そうか、バレー部……。ビラ撒きは手軽だし、いいアイデアとは思ったんですけど……」

不知火は残念そうに言うが、恩を仇《あだ》で返すわけにはいかなかった。

「ということで、今回はビラはなし。それ以外の方法を考えないと」

「もういっそ、クッキーとかマフィンみたいに保温の必要がないものにしては？」

それなら配り歩くのだって楽だろう、と優也は言う。だが、大地はそれには反対だった。

「いや、やっぱり『温かいもの』は外せない。インパクトがあるし、せっかく温かいんだからその場で食べなきゃ、って思うだろう？」

食べてみて美味しければ、もっと食べたいと思う。他にも種類があると聞けば、芸術棟の奥にある調理実習室にだって足を運んでくれるだろう。けれど、クッキーやマフィンで同様の効果を期待するのは難しい。今は運動部を見学して、このクッキーはあとで食べようと鞄にしまい込みかねない。しかも、クッキーやマフィンでは『体験型』を実施した場合に時間がかかりすぎる。

「ワゴンサービスを諦めるか、無理やり実現するウルトラCを編み出すかのどっちかだ。俺としてはせっかくのアイデアだから諦めたくはない。なんとか実現の道を探ってみる」

そんなこと言ったって……と不知火の顔に書いてあった。

――八割、いや九割方無理かもしれない。でも、ワゴンサービスは絶対に目立つし、新入生の関心を引くはずだ。これを成功させて、新入部員のひとりでもゲットできれば、俺の部長としての自信に繋がる。その上、廃部の危機を免れれば言うことなし！

「無理かもしれない。でも、やってみる。包丁部は温くてまったりな部活だけど、たまには熱くなったっていいじゃん。これでも俺たち、いちおう青春なんだからさ」

「うわあ……大地先輩、元運動部の血が滾《たぎ》ってますね」

「青春……リアルでその言葉を口にできるところがすごい」

優也と不知火は、口々にからかいながらも、無理かもしれなくてもやってみる、という大地の姿勢を否定しなかった。そして、自分たちも先生に相談するなどして、実現に向けて努力すると約束してくれた。

「部長がやるっていうんだから、頑張るしかないですよね」

「そうそう。失敗してもせいぜい新入部員が入らなくて廃部になるぐらいのこと」

「不知火、それは困るよ。大地先輩はすぐに引退だからいいにしても、俺はまだ一年以上あるんだから！」

「そのときは僕と一緒に語源研究部を作ればいいじゃないか」

「おまえ、まだ諦めてなかったの⁉　いやだよ、俺は語源に興味なんてないもん」

「やってみたら面白いかもしれないよ。僕だって、包丁部に入るまで料理が面白いなんて思ってもみなかったんだから」

やったこともないのに、面白くないなんて簡単に決めつけてはいけない。経験してみたら楽しいこと、自分に合うことはいくらでもある、と不知火は力説する。だが、優也は洟《はな》も引っかけなかった。

「俺は既に、料理が面白いと思ってる。だから、それを続けられるように頑張るんだ。包丁部がなくなった後のことなんて考えたくもないよ」

「まったくだ。ということで、今年の新入生歓迎会はワゴンサービスに決定。実現に向けて、全力で頑張るぞ！」

「おー！」

大地の宣言に、優也は即座に呼応。そして、ふたりにじっと見られた不知火は、小さくため息をついたあと、右手の親指を立てた。

かくして、包丁部の本年度新入生歓迎会の目玉は『香港式飲茶もどき』に決定、部員たちの奔走が始まった。

＊

翌日、顧問のミコちゃん先生を交えて、企画会議が開かれた。

「香港式飲茶！　それは素晴らしい！　是非ともやりたまえ！」

話を聞いたミコちゃん先生は、大喜びだった。

エビシューマイがいいだの、韮《にら》まんじゅうは外せないだの、頭の中は点心一色。こっちは、いかに保温するか、という相談がしたいのに、専用ワゴンの話など持ち出す隙《すき》すらなかった。

しょうがないなあ、この人は……。翔平先輩、よくこの顧問相手にやってたよなあ……。今更ながら、前部長の偉大さを思い知る。だが、嘆いていても仕方がない。今は、とにかく保温方法を考え出さねばならない。そのためには、急がば回れだった。

「じゃあ、まずメニュー決めからやりましょう」

「もちろんだ。そこから始めなきゃ！」

言うが早いか、ミコちゃん先生は調理実習室の黒板に、次々と点心メニューを書き始めた。

「肉まん、同系列のチャーシューまん。シューマイは肉まんの餡が併用できそうだから入れる。餃子はもちろんエビ蒸しで、春巻きや胡麻《ごま》団子もいいなあ。あとは中華ちまきに大根餅……あ、デザートにマンゴープリンとかも食べたい！」

だから、あなたが食べたいものじゃなくて、実際に俺たちに作れるかどうかで考えてくれませんか？　と言いたくなってしまった。だが不知火ではないが、ミコちゃん先生にそんなことを言ったって、馬の耳に念仏だろう。

呆れ返る部員たちをよそに、黒板の文字はどんどん増えていく。

大地が全く知らないようなメニューもたくさん出てきて、これを作れと言われたらどうしよう、と思い始めたころ、ようやくミコちゃん先生がチョークを置いた。

「……と、こんなところかな……。で、どれにする？」

「よかったあ……俺たちに選択の余地は残されてるんですね……」

ほっとして呟いた大地を見て、ミコちゃん先生がふふんと笑った。

「まあ私が適当に決めてやってもいいんだが、おまえたちは点心自体がわかってないかもしれないと思って書き出しただけだ」

「あ、そうなんですか。俺はてっきり、先生の食欲の趣くままに書き殴ったのかと」

　そんな大地の言葉に、不知火が即座に異議を唱えた。

「失礼ですよ、勝山先輩。ミコちゃん先生はちゃんと考えてくださってます。現に、ここに書かれているのって、作るのが簡単なものばっかりです」

「え、そうなの？」

「当たり前だ。日向なきあとの包丁部の力量ぐらいわきまえてる。それに、新入生に体験させる気なら、簡単に作れるものが最優先だろう」

「そのとおり、さすがです！」

　不知火は拍手喝采。大地と優也は顔を見合わせて苦笑いだった。

　不知火は入部してきたときからミコちゃん先生贔屓《びいき》で、その傾向は今もって変わっていないらしい。あれだけ翔平や颯太とやり合うのを見てもまだ、その幻影が失せないところは見事としか言いようがなかった。

「えーっとミコちゃん先生、今回はマンゴープリンとか杏仁《あんにん》豆腐みたいな冷たいデザートはなしの方向で……」

「お？　そうか、それは残念だ。でもまあ仕方ない。末那高祭と違って、新入生歓迎会は正真正銘男ばっかりだから、食べ応えがあるもののほうがいいってのは道理だ」

「ですね。じゃあ、この中から……いくつぐらい作れるかな？」

「まず肉まんは当確。中身が違うだけだからチャーシューまんもいけますね」

チャーシューは大地先輩がお得意ですもんね、と優也に言われ、大地はちょっと嬉しくなった。

茹《ゆ》でて醤油につけるだけの簡単チャーシューではあるが、昨年翔平に褒められてから自信がつき、三年生が引退したあとも何度か作った。『お得意』と評するところを見ると、優也もあのチャーシューを気に入ってくれているのだろう。

「じゃあ、肉まんとチャーシューまん。あとは？」

「シューマイなら肉まんの餡がそのまま使えそうって意見は捨てがたいです」

「ひとつぐらい変わり種でエビ蒸し餃子も入れましょう。冷凍の奴を使えば安くできるはず」

「やっぱり、甘いのもほしい。胡麻団子を是非！　あ、ついでに春巻きも！」

「以上、終了！」

このままでは切りがないと判断した大地の宣言で、メニュー選定は終了。肉まん、チャーシューまん、シューマイ、エビ蒸し餃子、春巻き、胡麻団子、の六品を作ることに決定した。

「調理実習室限定メニューはどれにします？」

大きく丸で囲まれた六つのメニューを見ながら、優也が訊いてきた。

「顧問の立場から言わせてもらうと、揚げ物は調理実習室以外ではやらないでほしい」

「ごもっともです。じゃあ、調理実習室限定メニューは春巻きと胡麻団子。体験もこれでいいかな？」

「いやー、普段から料理してない生徒に揚げ物はきついだろう。シューマイでも包ませたらどうだ？」

ミコちゃん先生の意見に、またしてもみんなが頷き、体験はシューマイ、自分で揚げてみたいという猛者《もさ》が現れた場合は、部員付き添いの下、揚げ物にも挑戦してもらうことになった。

メニューと、それをどこで提供するかはあっという間に決まり、議題はいよいよ『いかにして点心を温かいまま配り歩くか』に突入した。

「やっぱり、保温ワゴンをなんとかしたいんですよね……」

不知火は、保温式のワゴンがないのだから、ワゴンサービスなんて無理だ、と頭から否定したくせに、いざやると決まったら誰よりも熱心だった。相変わらず、不可解……というよりも、割り切りが見事なのかもしれない。しかも彼は、保温ワゴンがないから別の方法を考えるというのではなく、あくまでも保温ワゴンをなんとかしようと躍起になっていた。

　不知火は、自分のスマホで検索した画像をみんなに見せる。

「ほら、これ。絶対、こういうのがあったほうがいいと思いませんか？」

　ワゴンはステンレス製で、説明書きによると直径十三センチの蒸籠が九個並べられるらしい。

「底面に九個置けて、たぶん上にも積み上げられるんだよな。となると、けっこうな数だな……。あ、これ、熱源はカセットコンロなのか……大丈夫かな？」

　大地は思わず、ミコちゃん先生の顔色を窺ってしまった。

　カセットコンロということは当然炎が出るはずだ。そんなものを移動させて叱られたりしないだろうか、と不安になったのだ。ところが、返ってきたのはミコちゃん先生の呆れ果てた視線だった。

「勝山……おまえ、本当にもうちょっとものの道理を考えてくれよ。このワゴンはそもそも移動するために作られたものなんだぞ。それで安全面に不備があるようでは困るじゃないか」

「そう言われてみればそうですね。じゃあ、問題なしだ」

　一本のカセットコンロで目安は九十分。新入生歓迎会に合わせておこなわれる部活説明会と放課後を合わせて二本も用意すれば事足りる。見た目も発泡スチロールのトロ箱とは段違いだった。

「でしょう？　パフォーマンスとしても最高です。一台あればいろんなことに使えるし、新入生歓迎会は毎年のことだから、ここはひとつばーんと……」

買ってしまいましょう！　と不知火は鼻息を荒くする。そして、即座にスマホで価格を検索し、数字を読み上げた。

「三万二千八百円！　確かに高いけど、部費でなんとか……」

「なるわけないだろ！」

大地は手に持っていた点心レシピ本で、不知火の頭をぶっ叩いた。三千二百八十円ならまだしも、三万なんて弱小包丁部の予算でどうにかできる金額じゃない。

「えーでも、学校に頼んで買ってもらって部費から毎年返済とか……」

「学校がそんなことやってくれるわけないだろ！」

「訊いてみなきゃわかんないじゃないですか！」

よほど飲茶ワゴンに惚れ込んだのか、不知火はなんとか買い込もうと必死になっている。

見栄えがするし、扱いも楽そう。不知火の気持ちはわからなくもないが、ない袖《そで》は振れない。

「じゃあ、僕たち四人で買いましょう！　ひとり八千円、なんとかなりませんか？」

正直、八千円なら出せなくもなかった。陸上部にいたころ、新しいシューズを買うために小遣いをちびちび貯めていた。親に言えば買ってくれるだろうけれど、練習魔だった大地のシューズは消耗が激しく、買い換えも頻繁。さすがに気が引けて一度ぐらい自分で買おうと思ったのだ。

包丁部に転部したことで、そのお金は不要となったが、なんとなく使う気になれなくてそのまま置いてある。そのお金を使えば、飲茶ワゴンは買える。

優也は……と窺うと、彼もまんざらでもない顔をしていた。不満そうでも、焦ってもいないところを見るとお金のあてはあるのだろう。金森に金を払えというのは厳しいかもしれないが、シューズのために貯めたお金は二万円弱ある。最悪、金森の分は自分が払えばいい。

俺たちが卒業しても、飲茶ワゴンは学校に残る。俺たちが買ったものが後輩の役に立つなんてちょっといいな……。ま、それも後輩が入って包丁部が潰れなければの話。ここはひとつ、包丁部存続のためにも虎の子を……

そう考えた大地が、じゃあみんなで買おう！　と言おうとしたとき、それまでずっと自分のスマホをいじっていたミコちゃん先生が口を挟んだ。

「あのさー不知火……これ三万二千八百円じゃないぞ」

「え⁉」

「桁《けた》が違う。三十二万八千円」

「マジ？」

慌ててスマホの画面に目をやった不知火は、しばらく数字を凝視していたあと、がっくり肩を落とした。

「ほんとだ……三十二万八千円……」

「ものとしてはすごくいいけど、これは少々きつくないか？」

「じゃ、じゃあ！　レンタル、レンタルは？　一日ぐらいなんとか……」

体育祭や文化祭で使うものをレンタルで間に合わせるのはよくあることだ。この際、レンタルも検討してみるべきだ、と不知火はあくまでも『飲茶ワゴン』の採用を主張した。

ところが三人で一斉に検索を始めたものの、一向に見つからない。やっと見つけたと思ったら関西のレンタル業者で、料金は二泊三日で三万円だった。

「二泊三日で三万なら、一日ならもっと安いでしょう⁉」

「こういうところの期間って借り出してから返すまでをカウントするもんじゃないの？　関西からなら往復含めて二泊三日でも厳しいと思うけど？　それに、たとえ地元の業者が見つかったとしても一度ぐらいは試さなきゃ無理でしょ。どうしたって一日じゃ済まないよ」

優也に冷静に指摘され、さすがの不知火も黙るしかなかった。

「同じ三万でも自分たちのものになるのと、借りるだけでは全然違うよ……」

「だよな……」

大地も優也に賛成だった。後輩に残せないものに虎の子を突っ込むのは躊躇われる。それぐらいならお金を残しておいて、差し入れでもしてやったほうがいい。

そんな意見に、ようやく不知火も諦めたようだ。

「はあ……残念……点心はワゴンで回ってこそなのに……」

「しょうがないよ。やっぱりワゴンは無理。別の手を考えよう」

大地に言われ、不知火は渋々といった風に頷いた。

それきり黙り込むかと思われたが、果敢に次の手を模索し始める。どうやら、ものが小麦粉使い放題の点心だけに熱意は失せないらしい。

「簡単なのは、発泡スチロール製の箱に突っ込んでおくやり方ですよね」

文化祭や縁日で焼きそばなどを保温するのに、一番よく使われるのは発泡スチロールのトロ箱、あるいはクーラーボックスだと不知火は言う。

「箱に使い捨てカイロを貼り付けるって方法もあるみたいですね。あんまり寒いようなら、それもありです」

部員たちが野球場にいる売り子のように、首からあの箱を下げて、点心を配り歩けば保温問題は解決する。他に方法がないかと調べてみたが、移動前提、しかも熱源なしの状態で使えそうなのは発泡スチロールのトロ箱以外に見つからなかった。

あのいかにも『作り置きです』といった感じはいただけないし、そもそも飲茶の雰囲気ぶちこわしだ。だが、他に手がなければ仕方がなかった。

「発泡スチロールの箱ならいくつかあるし、足りなければスーパーとかに頼めばもらえるはずだ。使い捨てカイロぐらいは部費で買える。ってことで、保温は発泡スチロールの箱、提供は野球場売り子スタイルってことで」

ちょっと待て、別に売り子スタイルじゃなくてもいいんじゃ……

そこで大地は、調理実習室の隅にあるごく普通のワゴンに目をやった。

「普通のワゴンはあるんだよな……」

「大地先輩、その話はもう……」

せっかく不知火を諦めさせたんですから、と優也が抑えにかかった。

「ワゴンはあってもその上にカセットコンロを乗せて移動させるのは危険すぎるし……」

「いや、そうじゃなくてさ。保温用のトロ箱を乗っければいいかなーって。少なくとも、売り子スタイルよりはそれっぽくない？」

発泡スチロールの箱は開け閉めするたびに温度が下がってしまう。それなら箱は小さめのほうがいい。小さめの箱をいくつか用意し、ワゴンに乗せて回れば、少しはワゴンサービスの雰囲気が出せるだろう。

「大地先輩、グッドアイデア！」

「そうだよね、なにも箱を人力で運ぶ必要なんてないよね」

「勝山、おまえにしては素晴らしい！」

おまえにしては……って、何でこの人は一言多いかな……

ミコちゃん先生の台詞は少々不本意ではあったけれど、とりあえずみんなに褒められ大地はご機嫌だった。

「ということで、あとは点心そのものの出来。頑張って作ろうぜ！」

「了解！」

「本式ワゴンが使えないのはちょっとあれだけど、味さえよければごまかせるか……」

不知火はぶつぶつ言っていたが、温かい点心を配り歩くというアイデアは悪くない。新入生たちもきっと関心を示してくれるだろうし、別の種類が食べたくなって調理実習室に来てくれれば体験もしてもらえるかもしれない。

　ミコちゃん先生が満足そうに頷いた。

「去年までは秘伝の豚汁の味だけが売りだったが、今年はイベント性も加わった。うまくいけば、私の『リスト』も不要になるかもしれない」

　ミコちゃん先生の『リスト』というのは、部活未加入者リストのことだ。例年、部員不足で廃部の危機に見舞われる包丁部にこっそり横流しされるものだが、実のところ、大して役には立たない。だが、そのリストが不要かもしれないというのは、新入生歓迎会の時点で入部者が出るかもしれないということだ。ミコちゃん先生が、そう判断するなら希望はある。

　なんとかひとり、あわよくばふたり以上の部員をゲットしたい——

　三人の包丁部員は廃部危機回避のために、なにがなんでも点心企画を成功させると心に誓っていた。

＊

「そうか……発泡スチロールの箱と普通のワゴン……。うん、いいと思うよ。ほらね、なんとかなったでしょう？」

　次の日の昼休み、話を聞いた金森は満面の笑みだった。自分が出したアイデアが具体化して嬉しかったのかもしれない。だが、すぐにその笑みはなりを潜め、ちょっと心配そうな顔になる。

「ごめん、あのさ……俺、言い忘れたんだけど……」

「なに？　人手なら心配いらないよ？　体験型を導入することで、食べたい人には自分で作らせることができる。末那高祭みたいに時間も長くないし、給仕だってそんなには……」

「いや、そうじゃなくて、蒸籠は使わないの？」

　香港式飲茶のワゴンサービスには小さな蒸籠がつきものだ。たとえ発泡スチロールのトロ箱を使うにしても、中から出てくるのが使い捨て容器と蒸籠とでは雲泥の差だ。できれば蒸籠を使ったほうがいい、と金森は主張した。

「さすが『金森堂』だな……確かにあの蒸籠ってザ・飲茶って感じだもんなあ」

「だろ？　それこそ、レンタルとかできないかな？」

　そして金森は、早速スマホで検索を始めた。なんとも便利な世の中だよなーなんて思っている間にも、彼は中国料理用具専門のレンタルショップのサイトを見つけたらしい。

「あ、ほらあった。でも一個百五十円か……」

　肉まんは体育館前通路、春巻きと胡麻団子は揚げ物だから調理実習室がメインだろう。となると、ワゴンに乗せるのはチャーシューまんとシューマイとエビ蒸し餃子。三種類、最低でも三段ぐらいは積みたいから九個。少しは揚げ物も入れるとして、ワゴン一台につき必要な蒸籠は十五個ぐらいだろう、と金森は瞬く間に数え上げた。

「ワゴンは二台用意するから二倍で三十個。でも校内を回ってる間にも蒸さなきゃならないとなるともっといるな」

「あ、それは大丈夫。調理実習室の蒸し器でまとめて蒸して、蒸籠に移し替えるから」

「え、洗ったりするの大変じゃない？」

「蒸籠にはクッキングシートを敷く予定だからそんなに汚れない。洗うのにも時間はかからないはず」

「それでもアクシデントに備えて予備はあったほうがいいと思うなあ……」

「……そうなると、全部で五十個ぐらい？」

「それが最低ラインかな」

　五十個の蒸籠をレンタルするとなると、それだけで七千五百円かかる。だが、保温ワゴンに比べれば安いものだ。それぐらいの経費はなんとかなりそうだった。だが、ここでもやはりただ借りるだけにその金額……という考えが頭を過《よぎ》った。

保温ワゴンには手が届きそうにないが、蒸籠、しかもミニサイズの蒸籠ならなんとかなるのではないか。一度買ってしまえば来年も使える。全部は無理でも一部だけでも買って、毎年それを繰り返していけば三年ぐらいで必要な数を揃えられるんではないだろうか？

そう思った大地は、再びスマホに指を滑らせた。

「どうしたの？」

検索窓に蒸籠と打ち込み、次々とページをクリックする大地に、金森が不思議そうに訊ねた。

「うん、借りるんじゃなくて、買ったらいくらぐらいするのか調べようと思って」

「え、レンタルじゃなくて買うつもり？」

「値段によるけどね」

そう言いながら検索した結果、ミニ蒸籠一個の最低価格は二百七十円だとわかった。

「やっぱり買うほうが高いな。でも、レンタルの倍まではいかないのか……。でも後々考えたら買ったほうがいいよな」

「毎年やるつもりならね。そのあたりは一年生と相談したら？」

「もちろんそのつもり」

来年も点心をやるかどうかは一年生次第だ。彼らの意見を聞かずに決められることではない。

とはいえ、少なくとも不知火が卒業するまでは、点心企画は続くだろうし、末那高祭以来続いている、バレー部への差し入れに使うという手もある。

「なんとか一部だけでも買う方向で考えたいな」

「それもいいかもね。で……このサイトから？」

でかでかと『激安ミニ蒸籠一個二百七十円！』と書かれたウエブサイトを見ながら、金森が訊ねてきた。

何かを言いたそうな、それでいて言い出しづらそうな、という雰囲気が珍しく、大地はまじまじと金森を見る。そして、次の瞬間、自分の頭をぶん殴りたくなった。

「ごめん！　おまえ『金森堂』の息子じゃん！」

『金森堂』は日常生活用品を広く扱う金物屋で、調理用品だって何でもござれだ。その息子の前で、よそから蒸籠を買う話をするなんて最低だった。

「思い出してくれてありがとう」

「どうせなら『金森堂』から買うべきだな。でもおまえん家、ミニ蒸籠なんて扱ってたっけ？」

「店には置いてないけど、伝手《つて》ならいくらでもあるよ。買うつもりなら、一度親父に相談してみていい？」

もしこのサイトより安くできるようならうちから買ってもらえると助かる、と金森は言う。大地は思わず金森に抱きついた。

「この孝行息子が！　ほんとにいい奴だよな、おまえ！　この際、多少高くなっても……」

「いやいや、それはだめだよ。できる限り安いところで買わないと！」

「……そうかな……でも……」

「とにかく、一回親父に訊かせて。話はそれから」

「了解。よろしく」

安くできなかったらごめん、と金森は笑う。

だが、『キングオブいい人』の父親は強面《こわもて》に似合わず、エンペラー級のいい人なのだ。客のことを考えすぎて儲《もう》けに走れず、店が左前になっているほどだ。大地たちが使うと言えば、きっと儲け度外視の値段を出してくるに違いない。

「あんまり無理しないようにしてもらってくれよ」

「わかってる」

「あとは……そうだ、置く場所も検討しないと」

「重いものじゃないから棚の上とかに乗せておけばいいんじゃない？」

「なるほど。埃まみれにならないように厳重に包むってことで」

「基本だね」

そんな調子で、昼休みの会話が終わり、蒸籠を購入するかどうかは、後輩たちの意見と『金森堂』の値段次第ということになった。

「そりゃあ、買ったほうがいいですよ！」

予想どおり、不知火は大賛成だった。

「大失敗して、来年からまた豚汁復活かもしれないぞ？」

「そのときはそのときです。末那高祭で使う可能性だってあるでしょう？」

蒸籠が揃っていれば末那高祭で点心を出すことだってできる。スイーツと点心が揃えば集客力は抜群、売り上げはうなぎ登りに違いない、と不知火は力説した。

一方優也は、借りた場合と買った場合の値段を見比べ、しばらく考えたあと、まあ、いいんじゃないですか、と答えた。

「今年、備品にさける予算ってどれぐらいあるんですか？」

「たぶん五千円ぐらいかな」

「じゃあ、それを目安に買ったらどうですか？　買ったまま一回しか使ってないような備品、いっぱいあるじゃないですか」

「ま、まあな……」

大地は思わず、包丁部の備品入れとなっているロッカーに目をやった。

ロッカーの中には、これまでの包丁部員たちが買い揃えた備品、主に調理道具が入っている。だが、中にはほとんど使われず、あることすら忘れ去られているものも多い。

優也は、昨年末の大掃除でロッカーを担当し、流しそうめん機やら綿菓子製造器を発見。『何でこんなの買ったんですか！』と吠えまくっていた。

それに比べればミニ蒸籠のほうがマシ、燃えるゴミに出せるだけでも花丸だ、と優也は言う。

買う前からゴミに出すとか言うな、とは思ったが、反対意見ではなかったために不問に付す。あとは値段次第だな、と思ったところにメールが着信した。

「お、金森だ。早いなあ……」

放課後になってから三十分と経っていない。おそらく金森は、ダッシュで帰って父親に価格交渉してくれたのだろう。

「で、いくらですって？」

不知火がスマホの画面を覗き込むように訊ねた。

彼の中では、すでに蒸籠を買うことは決定していて、争点は予算内でいくつ買えるかに尽きるのだろう。

「えーっと……十三センチ径ミニ蒸籠、特別ご奉仕価格で……おお！　二百五十円！　しかも税込みだ――――！」

「ポチッてください‼」

不知火、メールをポチッてどうする……

大地は思わず脱力してしまった。だが、不知火が興奮するのはよくわかる。それぐらい税込み一個二百五十円という値段は魅力的だ。ウエブサイトで見たのは税別の二百七十円だし、送料もかかる。『送料無料、金森堂息子便にてお届け』なんて書かれた日には、ありがたくて涙が出そうになる。これがウエブサイトなら即刻注文だった。

「その値段なら二十個買えるな。残りの三十個はレンタルするにしても……」

そう言いながらスマホの画面をスクロールした大地は、その先にメールの続きがあることを発見した。

――親父の知り合いで香港式飲茶のワゴンサービスをやってる店があるんだけど、最近、蒸籠の注文を受けたんだ。今まで使っていたのがくたびれてきたから、新しいものと入れ替えようと考えたらしい。新品は先週納めたばかりだから、もしかしたら古い蒸籠が残ってるかもしれない。中古とはいえ、学校のイベントぐらいなら十分使えるだろう。それでいいなら、訊いてみるって。

「それって……無料ってことですか？」

優也の目がきらりと光った。

「いや、無料かどうかはわからないけど、少なくとも新品よりは安いと思う」

「よっぽどぼろぼろじゃない限り、蒸籠なんて中古だってかまいませんよ。むしろ使い込んで味が出てる可能性だってあります」

ぜひ訊いてもらってください！　とせっつかれ、大地は慌ててメールを送信。即レスで返ってきたメールには『早速！』と打たれていた。

「なんとかなるといいなあ……買えるだけ買って残りはレンタルっていっても、混ざると面倒くさいし、できれば全部買ったほうがいいに決まってるもん」

優也が極めて現実的なことを言っている横で、不知火はうっとりと宙を見つめる。

「蒸籠の側面に『包丁部』とか焼き印入れたらかっこいいだろうなあ……」

「なんでそんな手間をかけなきゃならないんだ！　そんな暇があったら、少しでも旨い点心を作る努力をすべきだろう！」

　思わず叫んだ大地に、不知火が拍手喝采した。

「そのとおりです！　いやー勝山先輩、素晴らしい。まるで部長みたいです！」

「だから俺は部長だ！」

　あ、そうでしたね、なんて嘯かれ、大地はまたしてもがっかり。点心ワゴンサービスの実現に向けて、精一杯努力しているというのになんという虚《むな》しさだ、と頭《こうべ》を垂れてしまった。

「不知火、ちょっと言いすぎだ。ワゴンだって蒸籠だって、大地先輩の手配じゃないか」

「でも、実際に役に立ってるのは金森さん……」

「その金森さんを引っ張ってきたのは大地先輩だろ？　元々金森さんは大地先輩の友達だし、金森さんが入部したのだって大地先輩が『金森堂』のピンチを救いに行ったからじゃないか」

「もういいよ、優也。金森はいい奴、俺じゃなくてもきっと……」

　優也は盛大に援護してくれたが、金森はなにも大地だから助けてくれたわけじゃない。彼は相手が誰であろうと、困っている人がいれば手を差し伸べずにいられない奴だ。『金森堂』のピンチに関しても、大地だけではどうにもならなかった。不知火と優也が協力してくれたからこそ、だった。

「あ、それは違うと思いますよ」

意外なことに、反論してきたのは不知火だった。

「金森さんは『キングオブいい人』ですけど、だからといって誰彼かまわず助けて回るほど暇じゃないでしょう？」

「いや、あいつは助けてくれって言われれば断らないよ」

「言われればね。だけど、助けてほしいときに素直に『助けて』って言える人って、そんなにいませんよ」

「え、そう？　だって実際に困ってたし……」

「普通は、体裁とか考えるでしょう？　自分で何とかしようといじくりまくってドツボにはまるんですよ」

「あーそうそう。ひとりで抱え込んでどうにもならなくなって、時間もぎりぎりになってから『無理です～』とか。だったら最初っから投げてくれたほうがずっといいです」

少なくとも時間があればなんとかできることだって少なくないんですから、と優也は言う。

「下手な考え休むに似たりってやつですよ。その点、勝山先輩は素晴らしい。ちゃんと問題に対処できる人間を探して連れてきますからね」

部長なんて何でも自分でできる必要なんてない、誰に何をやらせるのか割り振る能力のほうがずっと大事だ。それを考えたら、勝山先輩は十分に部長の役割を果たしています、と不知火は変な持ち上げ方をした。

「それにしても金森さんと大地先輩って不思議ですよね。あの人、誰にでも親切なのかもしれないですけど、ここまでやってくれるのは大地先輩との信頼関係があってこそでしょう？　なんかもとになるエピソードとかあったんですか？」

「ない……と思うけど……」

そういえば、あいつと最初に話したきっかけってなんだっけ……？　と記憶を探ろうとしたとき、いきなり調理実習室のドアが開いた。

「ちーっす、『金森堂』でーす！」

入ってきたのは、話題の主、金森本人。このタイミングでの登場に、三人は唖然としてしまった。

「おまえは二時間ドラマの刑事か！」

店はどうした、どうせならついでに『話は聞いたぜ』とか言いやがれ！　と詰め寄る大地を、まあまあ……と宥めつつ、金森は手に提げていた紙袋からミニ蒸籠を取り出した。

「残ってたんだ！」

大地が上げた歓声に、金森はラッキーだったよね、と笑った。

「で、こっちが新品、こっちが中古。俺が見たところ、中古でも十分使えそうだけど、実際見てもらわないと、って親父が言うからさ」

「なんだ、御用聞きか」

「そういうこと。で、新品二百五十円に対して、こっちの中古は……」

「中古は……⁉」

「なんと無料！」

「やった――――‼」

三人の雄叫《おたけ》びが調理実習室に響き渡った。

もともと廃棄処分にするだろうとは思っていたが、万が一ということもあるので無料とは言わなかった。知り合いというのは同じ商店街にある中国料理店で金森堂とは目と鼻の先。中古でもいいという返信を受け、早速確認してみたところ、案の定捨てるつもりだという。それならということで、ひとつもらって見せに来たのだという。

蒸籠をじっくり観察した優也が、怒ったように言った。

「これなら全然問題ないです。まだまだ使えそうなのに、捨てちゃうなんてもったいない！」

「まあ、それなりの店だし、道具もちゃんとしてないと、ってことだろうね」

「それなら中古屋に売るとか！」

「うん。俺もそう思ったんだけどさ、こういうのって案外売りにくいらしいよ」

皿とか鍋ならまだしも、蒸籠じゃあね、と金森の父親が言ったらしい。現に、その中国料理店も蒸籠を売ってどうこうする気は全くなかったそうだ。

「ゴミに出すにしても処分料はかかる。引き取ってくれるならありがたいぐらいだ、って言ってたよ。今回入れ替えたのは百個らしいけど……」

そう言いつつ、金森は調理実習室を見回した。食器や道具類が入っている棚の上のスペースを確かめているのだろう。

「うん、これなら置く場所も十分だよ。昨日は最低でも五十個って言ったけど、予備はあったほうがいいし、ただでもらえる機会なんてもうないだろうし、まとめてもらっておけば？」

「ほんっと、助かる！　金森堂の売り上げに貢献できないのは心苦しいけど……」

「そんなの気にしなくていいよ。おふくろが病気のときに散々助けてもらったし、それに……」

そこで金森は、今回の登場よりもさらに意外なことを言い出した。

「勝山君にはもともと借りがあるし」

「え、そうなの⁉」

「なんで本人がドングリ眼《まなこ》なんですかー！」

優也がすかさず突っ込んできたが、記憶にないものはない。

ノート、教科書から筆記具、体操服に至るまで、金森から借りたものは山のようにあったが、何かを貸した覚えは皆無だった。

「ごめん、金森。俺、おまえに貸しなんて……」

「やっぱり……。そうじゃないかとは思ってたけど、ほんとに見事に忘れてるんだな」

「俺の記憶力がとほほなことぐらい知ってるだろう？　もうちょっと物覚えがよければ、成績だって多少は……」

「それにしたって、ここまですっぱり忘却の彼方に飛ばさなくても」

「だから、いつのことだよ！」

「えーっと……年少のときだから……四歳ぐらいかな」

「覚えてるわけないだろう！」

何年前だと思ってるんだ、と大地は鼻から大きく息を吐いた。

そもそも、金森とは小学校も中学校も別々、高校で初めて出会ったとばかり思っていた。幼稚園が一緒だったなんて初耳である。

「こうのとり幼稚園、違う？」

「同じクラスじゃなかったんだ。勝山君は菊組だったよね？」

「こうのとり幼稚園には違いないけど……金森、いたっけ？」

「えーっと……菊組かどうか……」

「名札、黄色くなかった？」

「そういえば……」

「黄色が菊組、ピンクが桃組、緑が梅組、で、俺は紫で……」

「藤組だ！」

正解、少しは覚えてるんだね、と笑ったあと、金森は幼稚園の運動会の練習で起こった事件について話し始めた。

「俺は今でも大きいほうじゃないけど、幼稚園のころはもっとちびでね。それこそクラスで一番ってぐらい背が低かったんだ」

「そういや金森って早生まれだったよな。幼稚園、しかも年少ならそういうのけっこう影響あるみたいだし」

「うーん……まあ、それもあるだろうけど、元々親父もおふくろも大柄じゃないし」

確かに、とその場にいた全員が頷いた。

『金森堂』の主は身長は金森と同じか幾分低いぐらい、母親のほうも女性だということを割り引いても長身とは言えなかった。

「縦にも横にもちっちゃくて、クラスのちょっと荒っぽい奴によくちょっかいかけられてた。おもちゃを貸してもらえなかったり、砂場で砂をかけられたり……今なら歴としたいじめ判定だろうな。運動会の練習のときもひどいもんだった」

幼稚園の運動会、年少児のメインイベントはかけっこだった。とはいっても、コースは直線、距離も三〇メートルぐらいのものだったはずだ。だが、それだけに勝負はあっという間、しかも一目瞭然だった。

元々小柄、しかも外で走り回るよりも家の中で絵本を読んでいるほうが好きなタイプだった金森は当然かけっこは苦手。初めての練習のときはぶっちぎりで最下位になってしまったらしい。

それを見たクラスのやんちゃ坊主たちは大喜び、一斉に『びりっけつ悟!』なんてはやし立てたそうだ。

「まあ、自分があんまりかけっこが速くないってことはわかってたし、仕方ないよなーとは思ってたんだ。でも、さすがに面と向かって、しかも盛大にからかわれたらやっぱりへこむじゃないか。嫌だなあと思ってたら、急にでっかい声が聞こえた」

『一等賞は僕だ！』

スタートラインの真ん中で、人差し指を高々と上げて宣言した子どもがいた。その元気いっぱいの大声に驚いて、やんちゃ坊主たちはからかうのを止めてかけっこの行方を見守った。

スタートラインに並んだ五人の子どもが、先生のホイッスルを合図に一斉に走り出した。

「その組、なんだかみんなすごく速かったんだよ。先生が前もって考えて決めたのかなあ、って思うぐらい。でも、その中でも一等賞宣言した子はぶっちぎりで速かった」

「おお、有言実行、幼稚園児にしてはなんとも見事な……」

不知火は、幼稚園児なんて口だけの子が多いのに見上げたものだ、と感心している。幼稚園児ではなくても、そういう宣言をするお調子者は得てして内容が伴わないものだ、なんて思いながらも、大地は金森の話の続きを待った。

「せいぜい三〇メートルぐらいしかないのに、他の子を五メートルぐらい引き離してゴール。先生たちまでびっくりしてた。すごいねー大ちゃん！　ってさ」

「大ちゃん……」

「そう、大ちゃん。覚えてる？」

「……それ……もしかして俺？」

自分がなに組だったかすら忘れていたぐらいである。幼稚園時代なんて忘却の彼方。それでも、『大ちゃん』という呼び名にはうっすら記憶があった。

「『大ちゃん』は言いにくいとかなんとかで、『大ちゃん』にされちゃったんだよ。それなら『大地君』って呼んでくれればいいのにさ」

「あの幼稚園、ちょっと変わってたんだよ。男の子は『君』で女の子は『ちゃん』なんて不平等だとかなんとか……。で、全員『ちゃん』。俺だって先生からは『悟君』じゃなくて『サトちゃん』って呼ばれてたもん」

「変すぎる……。まあいいや、それで？」

何でそんなこと気にするのかねえ、なんて苦笑しつつ、大地は続きを促した。

「先生たちは勝山君が速いんだってわかってたらしいけど、俺たちから見れば一緒に走った子がものすごくのろまに見えちゃったんだ」

ついさっき最下位になった金森ですら二メートルぐらいしか引き離されていなかった。それなのに大地のときは五メートルもの差がついてしまった。最下位の子はものすごくのろま、『びりっけつ悟』よりはるかに遅い、ってことになった」

「あら……それはまた、気の毒な……」

「だよね。あの子たち俺よりずっと速かったのにさ。とにかく、おかげで奴らの矛先は俺じゃなくて、勝山君と一緒に走って最下位になった子に向いた。でも、その後すぐにリレーの練習があって……」

やんちゃ坊主のうちのひとりと件《くだん》の最下位ボーイが同時にスタートした結果、最下位ボーイは猛ダッシュ、やんちゃ坊主を大きく引き離してバトンタッチしたそうだ。

「びりっけつって罵《ののし》った相手より自分が遅かった。これはもう黙らざるを得ないよね」

「ほんっと、馬鹿な奴らだな！　まあ、それで金森がいじめられずに済んだんならよかったよ」

「うん。おかげさまで。でも、話はそれで終わりじゃないんだ」

「あれ？　そうなの？」

そこで金森は、はあー……とことさら大きくため息をついた。

「勝山君、本当に忘れちゃったんだ……」

「な、なにを⁉」

「その日の帰り、お迎えを待ってる間に、俺は君を探した。どうやったらあんなに速く走れるようになるのか知りたくてさ」

運動会の練習は体操服でおこなう。クラスごとに色分けされた名札もついていないから、一等賞になった子がどのクラスかはわからない。顔だってうろ覚え、頼りになるのは『大ちゃん』という呼び名だけだった。

それでも、自分が走るのが遅いという自覚があった金森は、少しでも速く走る秘訣《ひけつ》が知りたくて、必死で大地を探したのだという。

「年少の教室をひとつひとつ覗いて、一等賞宣言した子を探したけど見つけられなかった。そのうち、桃組の先生が気がついて、サトちゃんなにやってるの？　って」

そこで金森は桃組の先生に、一等賞になった子を探していることを伝えた。

先生は、自分は足が遅いから速く走れるようになりたい、あの子に教えてもらいたい、という金森にいたく感銘、すぐに『大ちゃん』のいる菊組に連れて行ってくれたそうだ。

「で、めでたく『大ちゃん』を見つけ出した俺は、勢い込んで訊ねた。『どうしたらそんなに速く走れるの？』って。そしたら君は……」

「『わかんない』？」

「そのとおり。思い出した？」

「うん、なんとなく……桃組の先生がちっちゃい子を連れてきたのは覚えてる」

なんせ桃組の先生は優しくて、見た目もかわいらしくて、園児、特に男の子たちの人気者だった。桃組じゃない子どもたちはいつも『いいなあ、桃組は……』と思っていたし、園庭で遊ぶときなど、担任でもないのにまとわりつく子どもも多かった。そんな人気者の先生が、わざわざ自分を探しに来てくれたのだ。覚えていないわけがなかった。

大地の話を聞いて、金森は大笑いだった。

「ひどいなあ、勝山君。俺は決死の覚悟だったのに」

「いや、そんなことで決死の覚悟なんてしなくても。しかも、俺に訊いたってろくな答えが返ってくるわけないじゃん」

「だって、そんなの訊いてみなきゃわかんないし」

ごもっとも、と優也が苦笑した。

「いかに金森さんといえども、幼稚園の年少で相手の性格なんて見抜けませんよね。まあ、今なら訊くだけ無駄なことぐらい、わかってるでしょうけど」

「優也――！」

そこらにあったラップフィルムの箱でスコーンと頭を叩かれ、優也は小さく舌を出した。

「失礼しました。それで金森さんはどうしたんですか？」

「とにかく、満足な答えは得られなかった。だから俺は翌日から勝山君にくっついて歩いた」

「そうだったな。なんか遊ぶ時間になると、ちっちゃい子がすーっと寄ってきて、俺と同じことをやるんだ。ジャングルジムに登っても、ブランコに乗っても、砂場で幅跳びごっこしても……とにかく真似っこ」

「大地先輩、鬱陶《うっとう》しいとか思わなかったんですか？」

「は？　別に……だって勝手にやってるだけじゃん。邪魔してくるわけじゃないし、遊びの時間なんだから好きに遊べばいいじゃないか」

「まあそうですけど……普通ならひと揉めしますよ」

「ついてくんな！　とか真似ばっかりするな！　とかね。俺も内心、そう言われるかと思ってたんだ。でも、この人、そういうの一切なし。ただひたすら……」

「『俺は遊ぶ、遊びたいから遊ぶ、遊びまくる、うおーっ楽しい‼』みたいな？　目茶苦茶想像できます」

不知火の言葉で、大地以外の全員が吹き出した。ひとしきり笑ったあと、また金森が言う。

「本当にね、なんか俺、びっくりしちゃったんだよ。勝山君はひとりでもすごく楽しそうだったし、かといって誰かが声をかけてきたらごく自然に一緒に遊ぶんだ。お、そうか、一緒に遊びたいのか、じゃあ遊ぼう、って感じ」

「金森さんは勝山先輩と遊んだりはしなかったんですか？」

その状況なら、なし崩し的に一緒に遊ぶ展開になりそうなんですが、と不知火は不思議そうに言った。

「それが不思議なんだけど、この人、拒絶もしない代わりに誘い入れたりもしないんだよね」

「わかります。大地先輩って今でもそうですよ。身体のどこかに『ウエルカム・フレンド！』って書いてありそうなのに、こっちから声をかけない限り放置みたいな感じなんです。でもって、ひとりで黙々と何かやってる。変わってるって言えば変わってるんですけど、『だがそれがいい』的な何かが……」

「勝山先輩って、来る者拒まず去る者追わず、の典型ですね」

不知火、それって褒めてるのか？　と首を傾げている大地を見て、優也がクスクス笑った。

「要するに大地先輩は昔っからこういう感じだったってことですね」

「うん、幼稚園のときから全然変わってない。だから、高校に入って同じクラスになったときに俺はすぐ気がついたんだ。あ、これ『大ちゃん』だって。勝山君は全然覚えてないみたいだったし、こっちも今更、幼稚園時代を持ち出すのもなんだし……」

「まあ、そうですよね。相手が忘れてるんじゃね……」

　不知火に非難めいた眼差しを向けられ、大地は焦って言い返した。

「いや普通は忘れてるって！　あ、でも……ほら、なんとなく声をかけやすいとは思ったんだぞ。それって潜在意識のどこかに『こいつ知ってる』ってのが……」

「はいはい、そういうことでいいよ。いずれにせよ、俺は勝山君のおかげで外遊びの楽しさを知ったし、跳んだり跳ねたりが好きになった。年中の運動会はまたしてもびりっけつだったけど、年長のときは三等賞になった。そのうちボールで遊ぶようになって、それが高じてバレーを始めたんだ。まあ、今はちょっとお休み中だけど、可能になり次第バレーは再開したい。それほど好きになれるものに出会えてよかったと思ってるし、もとを辿ればそれは勝山君のおかげ」

　その上、店のピンチまで助けてもらって大感謝だ、と金森はにっこり微笑んだ。

　大地はちょっと照れると同時に、キングオブいい人に感謝される俺、かっけー！　とでも叫びたくなってしまった。

「というのが、俺が困ってる勝山君を見過ごせない理由。以上、大ちゃんとサトちゃんの昔話でした！」

「なるほど……人に歴史ありですね」

そんな大したもんじゃねえよ、と思いつつ、大地は今の今まで『サトちゃん』を忘れていたことを申し訳なく思う。とはいえ、この場合『忘れていた』というよりも、最初から認識していなかった可能性のほうが高いけれど……

「ってことで、話を新入生歓迎会に戻しましょう」

優也に仕切られ、また大地の部長の面目は行方不明。それでも、金森を含めた包丁部の面々が自分に対して抱いているイメージは決して悪いものではないと確認できて、大地は明るい気分だった。

「よし、じゃあ、確認するぞ。まず、メニューは肉まん、チャーシューまん、シューマイ、エビ蒸し餃子、春巻きに胡麻団子。説明会のときに体育館前通路で肉まんを配布して、体験入部期間中はワゴンで校内を回って、点心を餌に調理実習室に誘い込んでシューマイを包ませる」

「そのことなんだけどさ……」

金森がちょっと躊躇いつつ、口を開いた。

「この間、その話を勝山君から聞いて考えてみたんだけど、保温性は大丈夫？」

「使い捨てカイロも使うし、真冬じゃないからなんとかいけると思うんだけど、だめかな？」

「なにもないよりはマシだけど、点心って熱々が命みたいなものだからなあ……」

「それはわかってる。でも、保温ワゴンは買うのはもちろん、借りるにしたってけっこう高いんだ。幸いおまえのおかげで蒸籠はなんとかなりそうだから、温度については妥協するしかないよ」

たとえ発泡スチロールのトロ箱を使おうが、目の前に蒸籠がずらりと並べば雰囲気は出せる。しかもその蒸籠は中国料理店が使っていた本格的なものなのだ。

「そうか……それじゃあ仕方ないか……でも惜しいなあ、せっかく蒸籠が手に入ったのに……」

予算の壁の高さは金森自身わかりすぎるほどわかっているはずだ。なんせここしばらく、金森の生活は『ない袖は振れない』に覆い尽くされていたようなものなのだ。

「ちょっとでも保温効率が良くなるようにみんなで考え……」

パンパラパラパラリン〜

大地がそう言いかけたとき、金森のスマホが高らかに着信を告げた。画面を確認した金森が、焦りまくった声を上げた。

「やばい、親父だ！」

幼稚園時代の話をしていたせいで、けっこう時間が経ってしまった。油を売ってないでさっさと帰ってこい、と叱られるに違いない。

申し訳ないことをしたという思いでいっぱいになりながら、大地は金森の声に聞き耳を立てた。だが、意に反して、金森が叱られている様子はなかった。

「え、マジ？　それは助かると思うけど……ほんとにいいのかな……」

そう言いながら、金森は大地のほうをちらちら窺っている。いったいどうしたのだろう、と思っていると、金森は『折り返し電話する』と父親に伝え、スマホの会話を終了させた。

「例の蒸籠を譲ってくれるお店から連絡が入ったそうなんだけど……」

金森の父親は中国料理店の店主から、百個もの蒸籠をいったい何に使うのか、と訊ねられたそうだ。料理関係の部活に入っている息子が新入生歓迎会で使うと答えたら、さらに興味を抱いたらしく、何をどんな風に……という説明まで求められた。企画の詳細など知るわけもない金森の父親は、やむなく香港式飲茶っぽいことをやりたいらしい、とだけ伝えたという。

「そしたらさ、香港式飲茶なら絶対に保温ワゴンがいる。あてはあるのか？　って訊かれたらしい」

「絶対に、なんだ……」

「そう、絶対に、なんだって。それで、もしよければ貸してもいいって……」

「マジ⁉」

蒸籠を捨てるとすれば廃棄料金がかかる。それをただで引き取ってくれるのだから、おまけのひとつも付けてやりたい。さすがに保温ワゴンをあげるわけにはいかないが、貸すことぐらいできる、というのが中国料理店店主の話だった。

「でも店で使ってるものなんじゃ……」

営業中の店舗から備品を借りるわけにはいかない。あまりにも申し訳なさすぎる、という大地に、金森は、それは大丈夫、と請け合った。

「新入生歓迎会は水曜日の予定だろ？　あの店、水曜日は休みなんだ」

火曜日の営業が終わり次第受け取りに行って、木曜日の朝一番で返しに行けば支障はない。中国料理店は『金森堂』の近所だから、自分が引き取りに行って車で学校に運び込めばいい。使い方についても、息子を連れていってしっかり教えてもらうし、朝一番で運び込めば試しに使ってみることもできるだろう、と金森の父親は言ってくれているらしい。

「ありがたいけど、そこまでお世話になるわけには……。ただでさえ、売り上げに貢献できなくなったのに」

「でも、うちの親父、目茶苦茶乗り気で中国料理店の店主と打ち合わせを始めてるみたいなんだ。たぶん、ワゴンを引き取ったあとで酒盛りのひとつでもする気でいるんじゃない？　でもって、なんとか点心のレシピもゲットしたいって腹づもり」

しかも金森の父親は、あまり腕が良くない高校生男子でも作れそうなレシピにしてもらう、と勢い込んでいるらしい。

大地は、何もそこまで……とあっけにとられるばかりだった。ところが、レシピと聞いたとたん、歓声を上げた男がいた。言うまでもなく、小麦粉教信者、不知火だった。

「レシピ⁉　ワゴンだけでもありがたいのにレシピまで！　店の場所を教えてください！　僕、今度から休みの日は毎日そこに通い詰めます！」

だから『金森堂』の近所だと言ってるじゃないか。あの商店街に二軒も三軒も中国料理店があるわけはない。行けばわかる……というか、そんなに中国料理ばかり食べてどうする。気持ちはわかるが、お金だってかかるし、偏った食生活は身体に良くないぞ、と説教をかましたくなってしまった。だが、不知火の興奮は収まらない。

「ワゴン、何台あるんだろう……二台ぐらい借りられるかな？　保温ワゴンがあれば、補給のタイミングを考えるのもずっと楽だし、移動距離だって際限なし。校舎だけでなく校庭や体育館まで出張できる！　怖いものなしだ！」

「だめだよ、不知火。借り物なんだから校庭になんて持ち出したら砂まみれになっちゃうだろ！」

保温ワゴンは校舎内限定。各校舎を繋ぐ渡り廊下も露出している一階部分は通らないようにすべきだ。さもないと渡り廊下に落ちている砂が車輪についてしまう、と優也は力説した。金森もそれに同意する。

「うん、水野君の言うとおり。できれば扱いは丁重に、衛生管理もしっかりお願いしたいね」

「わかりました！　衛生管理には重々気をつけますし、お返しするときはきっちり消毒の上で」

「了解。じゃあ借りるってことで返事しておくね」

そして金森は、父親に電話を折り返し、保温ワゴンの借用、翌日には中国料理店からの簡易版レシピの提供が約束された。

＊

レシピはその週のうちに、金森経由で包丁部に届けられた。

自分たちの腕で製作可能か話し合った結果、『だ、大丈夫だろう、たぶん……』ということになり、包丁部員たちは連日、点心作りに励んでいた。なんせ、現包丁部員は技量が足りない者ばかり。新入生歓迎会当日、スムーズに点心を完成させるためにも練習は欠かせなかった。

肉まんは以前、翔平の監督の下で経験済み、チャーシューまんもその亜流ということで大して苦労はしなかった。せいぜい、チャーシューの味付けがいささか塩辛すぎて、チャーシューまん独特のほろりと甘い肉餡の感じを出しづらかったぐらいである。それまで包丁部ではチャーシューは茹で上げたかたまり肉を生醤油に漬けるというシンプルな方法で作製していた。炒飯《チャーハン》やラーメンの具材にするには、それで十分だったからだ。だがチャーシューまんには甘みは必須。一手間増えるけれど、漬け込む生醤油に砂糖とみりんを加え、煮切ってから使うことで、その問題を解決した。

春巻きはしっかり巻き上げるのが大変だったが、数をこなすことで徐々に熟達。最終的には『スーパーの総菜コーナーで売られている春巻きの失敗作』ぐらいの仕上がりとなった。とはいえ、中国料理店からもらったレシピに従って、豚薄切り肉や筍、干し椎茸、エビ、春雨、紹興酒などをふんだんに使ったのだから、味は保証付きである。家に持って帰った優也は温め直しにもかかわらず、妹の絶賛を浴び、さっそく作り方を伝授する羽目に陥ったらしい。

学校で散々練習したあと、しかも本番はまたうんざりするほどの数を作らねばならないというのに、家でもまた春巻きか……と嘆きながらも、優也は喜びを隠せない様子だった。おそらく、包丁部への入部動機、妹の味覚音痴阻止作戦が順調に推移していることが嬉しかったのだろう。

胡麻団子は、最初不知火が、餡も手作りする！　と大騒ぎした。だが、昨今、小豆も砂糖も高騰している。手作りとなったら練習も必要だから、さらに予算が必要、時間だってかかる。そこまで考えたら既製品を使ったほうがずっとお得だという優也の意見にぐうの音も出ず、結局、既製品を使うことになった。

作り方自体は生地で餡を包んで胡麻を付けて揚げるだけなので、難しくはなかった。というよりも、買ってきた餡を包んで揚げただけにもかかわらず、食べた瞬間『旨い！　中国料理店なんて目じゃねえ！』と叫んでしまうほどの出来だった。いくら、これまで揚げたての胡麻団子など食べる機会がなかった上に、ずっとおかず系の試食が続いて口の中がしょっぱくなりかけていたとはいえ、さすがに言いすぎの感あり。みんなして『そんなわけないだろ！』と突っ込み合うことになってしまった。

エビ蒸し餃子もピンクが薄く透けてぷりぷり、彩りにと入れてみた枝豆が冷凍物にもかかわらずいい仕事をしてくれた。ちなみに、この枝豆投入の発案者は大地だっただけに鼻高々である。

　手作りならではの厚みのある皮は、焼き餃子なら評価が分かれるところかもしれないが、蒸し餃子に至っては加点要因に他ならない。現に、試食に来たミコちゃん先生が『もっと食べたい！』と騒ぎまくっていた。翔平でもいれば、働かざるもの食うべからず、なんて突き放すのだろうが、大地や一年生では太刀打ちできず、エビ蒸し餃子の大半はミコちゃん先生の胃袋に消えてしまった。

　その際の『ミコちゃん先生、小柄なのに随分食べるんだな……』という不知火の落胆に近い呟きは、ひどく印象的だった。それでも不知火は、依然としてミコちゃん先生への憧《あこが》れを抱き続けているらしく、その一点のみ『不知火、健気なり』の評価を得ていた。

　ということで大半の試作は大過なく出来上がった。

　唯一問題らしきものがあるとしたら、『体験』させる予定になっているシューマイ作りだった。

　シューマイの皮は既製品を使うことになっていた。新入生に皮を伸ばすところからやらせるのも無理だし、シューマイに厚手の皮は似合わないということで、不知火も今度は異議を唱えなかった。だから皮に不安要素はない。問題はそれ以外のところにあった。

「これさあ……人によってはものすごく肉餡を突っ込もうとする奴が出てくるんじゃない？」

現包丁部員たちは、翔平に比べれば素人もいいところだ。だが、今回の体験予定者、つまり新入生たちは部員たちに輪をかけて拙《つたな》いと予想される。とんでもない失敗をしでかさないとも限らない。たかがシューマイ一個ではあったけれど、まず『これは楽しい。その上、旨い！』、その後『ずっとこういう活動をするのか……面白そうだから入部してみようかな』と思ってもらうのが望ましい。そのためには、失敗要因はできる限り排除しておきたかった。

「まあ、ありがちなのは『包み切れず』だろうな……」

「男ですから、ちょっとでも大きくしたくて餡を入れすぎる可能性大ですね。ていうか、肉団子にシューマイの皮を貼り付けたみたいなのが出てきそうです」

「それはちょっと食ってみたい……」

「大地先輩……」

さぞや食べ応えがあるだろうと思っての発言に、優也はひどく呆れた顔になった。

不知火に至っては、点心の美学が全くわかってない、なんて怒り出す。

点心の美学っていったい何なんだ。おまえはどこの天才料理人だ。小麦粉が使ってあるというだけで点心に萌《も》えているくせに！　と言い返したいほどだった。だが、大地の不満顔を察したのか、不知火はさっさと話題の転換を試みた。

「やっぱり、マニュアルみたいなものを作るべきでしょうね」

「マニュアルか……面倒くさいなあ……」

作り方を書いたパネルを掲示しておけば、それを見ながら作れる。大きさまで含めて指定しておけば、皮付き肉団子にはならないだろう、と不知火は言うのだ。

「まあ、それが妥当だよね……。よし、じゃあその作業は俺がやってくるよ。イラストとかも適当に無料サイトから拾って、それっぽくしてみる」

「お、優也、偉い！　ナイスチャレンジだ！」

「俺がやるんじゃありませんよ」

特にパソコンが得意でもないはずなのに、珍しく積極的だと思ったら、裏があった。日ごろの料理指南のお礼に、妹に作らせるつもりらしい。

「うちの妹、パソコン扱うのすごく上手いんです。情報の成績も五ばっかり」

味音痴疑惑付きの料理音痴でパソコンに長けてるなんてJCにあるまじき、と優也はぷんすか怒っているが、パソコン操作は実生活に役に立つ。同じ料理音痴でも、長けているのは試食能力と穴掘り及び掘り出した物品のブラシかけ技術のみ、普通なら特技として数えられそうな剣道の技は他人への攻撃に使われないかと部員一同をひやひやさせっぱなし、という顧問より百倍マシだった。

「でも、マニュアルにシューマイの大きさを書いたところで、ちゃんとその大きさにできるのかな……なんか、頭っから無視しそうな気がするけど……」

「確かに。二センチとか書いたって、『これぐらいだと思った』とか言い出しそうです」

大地と優也がふたりして首を傾げる中、不知火が、なにか対策がないか調べてみます、とスマホを取り出した。しばらくいじっていたあと、嬉しそうな声を上げた。

「これいいです！　これでいきましょうよ！」

何を見つけたんだ？　と覗き込んでみると、そこには『計量スプーンを使ったシューマイの作り方』が書いてあった。

シューマイを同じ大きさに作るのは案外難しい。でも、計量スプーンの大さじに皮を被せ、その上に肉餡をのせて包めば、だいたい同じ大きさになる、というのだ。

「なるほど……計量スプーンの上ならのせられる量だってしれてますし、あのカーブはシューマイを作るのにちょうどいいですね」

「計量スプーンなら、山のようにあるしな！」

一般家庭ならせいぜい一本、それすらない家もあるだろう。だが、ここは調理実習室、始めに計量ありきの場所だ。計量道具なら秤《はかり》、カップ、スプーンと各種、しかも大量に揃っている。たとえ十人が一度にシューマイを包みたがったとしても、支障ない。

但し、包丁部の部活体験にそんな人数がやってくるとは思えない。来たとしても冷やかし半分だろう。大地としては、たくさん来てくれて全員冷やかしという状況よりは、二人か三人でも本気で入部したいと思ってくれる生徒ばかりのほうが嬉しい。だが、不知火のように冷やかし半分でやってきて、結果として入部する生徒もいるだろうから、全面拒否は得策でないことぐらいわかっていた。

「よし、じゃあこれでシューマイ問題も解決。リハもばっちり。あとは当日に向けてトークの練習でもしておくかな……」

昨年の新入生歓迎会のとき、大地は『豚汁ですよー！』と叫んでいただけだった。末那高祭にしても客の入り具合やスコーンの作製状況を心配しているだけで、呼び込みなんてやってない。その上今年は壇上で活動内容の説明をしなければならない。説明は、体育館に集まった新入生を前におこなわれる。『包丁部』という聞き慣れない名称の部活動に興味を持ってもらえるかどうかは、ある意味この説明にかかっている。

昨年の説明は部長だった翔平が担当したが、あの強面のせいで効果は半減したのでは？と囁かれる結果となってしまったのだ。

とにかく『包丁部』のいいところがばっちり伝わる内容にしなくちゃ……。あ、そうだ、颯太先輩に連絡して、原稿を見てもらうってのも手だな……

なんと言っても颯太は昨年参加した弁論大会で『原稿だけはピカイチ』との評価を得た。中学時代は生徒会長も経験している。こういったスピーチの原稿を作るのは上手いはずだ。

とりあえず書いてみて、それからだな……

大地のそんな思いをよそに、一年生ふたりは計量スプーンを使ってシューマイを作り始めた。

*

例年になく桜の開花が早く、このままでは桜なしの入学式になるのでは？　という心配の中、なんとか花びらを残したまま新年度がやってきた。

何かの間違いで三年五組になったりしないだろうか、という大地の密《ひそ》かな期待は叶わず、特進クラスの金森も五組に入ることはない。本年度も末那高イケメンクラスは包丁部員とは全く関係のないところで華やかに構成され、部員たちの『やっぱ俺たちイケてない』感を微妙に刺激するに終わった。

いずれにしても、成績不振でミコちゃん先生を心配させまくりながらも、なんとか進級できたのはめでたいことである。

部員たちの襟元には新たな学年章が付けられている。ただ『新たな』とはいっても、新品買い立てというわけではない。末那高では先輩から後輩に学年章を譲るのが常で、年季が入った学年章ほど珍重されるという不可思議なことになっていた。

大地の学年章は卒業するときに翔平と颯太が譲ってくれたものだ。ひとつは金森に渡そうと思っていたが、金森は既にバレー部の先輩から譲り受けていた。学年章がふたつあってもなあ……と困惑顔の大地に、颯太は大笑いで言ったものだ。

『ふたつとも持ってなよ。大地のことだから、なくしちゃうかもしれないし』

学生服に付けっぱなしの学年章をなくしたりはしないだろう、という反論は翔平に一笑に付された。

『それをなくすのがおまえだろう。絶対予備はあったほうがいい』

かくして大地は学年章をダブルでゲット、自分の学年章は後輩に譲ることにした。だが後輩はふたりいる。ひとつでは足りないな、と思っていたら、金森が持ってきてくれた。バレー部の後輩はいいのか？　と聞いてみたら、彼も昨年、先輩からダブルで譲り受けたらしい。

なくすかもしれないと心配された大地と違って、彼は『どうしてもおまえにもらってほしい』と聞かなかった先輩に押しつけられたそうだ。さすが金森……とため息が出たが、とにかく学年章がふたつ揃ってよかったと思うことにした。

同じ引き継ぐにしても、自分と金森とでは全然違う。大地は当初、優也も不知火もきっと金森の学年章を欲しがるだろうと思っていた。だが、意外にも彼らはこぞって大地の学年章を欲しがった。曰く『代々包丁部に伝えられてきた学年章だから』だそうだ。

先に入部したのだから権利は自分にある、と優也は言い張り、不知火は不知火で入部順など関係ないと譲らない。すったもんだの末、じゃんけんとなり、三回相子を繰り返した挙げ句、優也がゲット。ものすごく悔しがる不知火という珍しいものを見ることができた。

「勝山先輩、来年こそは僕にくださいね！」

「心配ないよ、三年生の学年章はふたつあるし」

「それなら大丈夫……って、なくさないでくださいよ！」

「あーはい、わかったわかった……」

不知火にまでなくす心配をされていささか腐ったものの、彼らの学年章へのこだわりが包丁部員としての自負のように思えて嬉しかった。とにかくなくさないよう気をつけて、無事に後輩たちに譲らねば、と思うばかりだった。

新入生歓迎会当日、予行練習の甲斐《かい》あって、点心の作製はつつがなく進行していた。

不知火は嬉しそうに小麦粉と戯れ、昨年の今ごろ、包丁の語源にこだわりつつ入部してきたときのシニカルな印象はすっかり薄れてしまった。

優也は優也で、今日も元気に大地や不知火をいじりまくっている。思わず、あの天文部に連れ去られそうになっても抵抗ひとつできなかった一年生はどこにいったのだ、と嘆きたくなるほどだった。

いずれにしても、授業時間内ということで金森も加わり、点心の作製は極めて順調。新入生歓迎会開始時刻には、大量の肉まんが蒸し器の中でふわふわと膨らんでいた。

「うわー旨そう！　ねえこれ、一個だけ食べちゃ駄目？」

金森が両手を摺り合わせるように拝んできた。

「だめだ、って言いたいところだけど、金森は仕方ないよな」

彼以外の部員は、散々試作を繰り返し、そのたびに食べまくっていた。だが、金森はそうではない。基本的に活動できるのは昼休みのみ、包丁の手入れと大地の相談相手というのが主な活動内容となっていたため、試食には無縁。一度か二度は差し入れとして『金森堂』に持って行ったけれど、出来たてとは言い難い。蒸したての肉まんに涎を垂らすのも無理はなかった。

「蒸籠も保温ワゴンも、金森さんのおかげで手に入ったんですから、肉まんぐらい何個でも食べてください！」

　不知火が気前よく蒸し器の蓋を取り、すかさず優也がトングで肉まんを取り出した。

「熱いですから気をつけて！」

「了解……うわ、ほんとに熱い！」

　蒸し上がったばかりの肉まんはとてもじゃないけど手で持っていられない。しばらく両手の間でお手玉のように行ったり来たりさせたあと、金森はようやく肉まんにかじり付いた。

「ソースかポン酢いる？」

「いらない。このままですごく旨い」

　真っ白でふわふわの皮を嚙《か》みちぎると、中には少し濃いめに味付けされた肉餡がたっぷり詰まっている。ひとつひとつは小さいものの、食べ応えはばっちり、しかも金森の言うとおり、調味料の助けなどいらない肉まんだった。

　あっという間に食べ終えた金森は、行儀良く両手を合わせて『ごちそうさま』をした。

「おかわりはいかがですか？　と不知火に聞かれ、少し残念そうに首を振った。

「切りがない。いくつでも食べられそうだけど、ここで消費するために作ったわけじゃないもんね。一個でも多く、新入生に食べてもらわないと」

「新入生だけじゃなく、転部を考えてる二、三年生にも！」

優也の意見に部員たちが大きく頷いた。

「ま、そんなにたくさん転部希望者ばっかり出てきても困るけど、ひとりぐらいはいてもいいよね。でもって、うちに来てくれれば万々歳」

なんて和気藹々《わきあいあい》と笑い合っていると、調理実習室のドアが勢いよく開き、ミコちゃん先生が顔を出した。

「おーい、そろそろ始まるぞ。移動しろよ〜」

「はーい。じゃあ保温ワゴンに移して……」

「で、今年のサクラは誰がやるんだ？」

「ミコちゃん先生、声が大きい！」

そりゃ失敬、とからから笑ったあと、ミコちゃん先生は部員をぐるりと見回した。

「勝山は部活説明会で新入生全員に顔を見られるからアウト。金森は保温ワゴンを含めて道具の管理に回ってもらいたい。となると……不知火か水野……。ま、水野が穏当だな」

聞いたとたん、不知火が不満そうな顔になった。

水野君のどこが穏当なんだ、目茶苦茶腹黒いのに……とぶつぶつ言っている。けれど、不知火と優也を並べてみたとき、無難なのは優也に決まっている。身体がでかい上に、口調自体が横柄としか言いようのない不知火が、肉まんを褒め称えるなんて不自然すぎる。昨年の颯太並みのサクラぶりは期待できないにしても、優也のほうが遥かにマシだった。

「まあそうすねるな不知火。おまえには点心作製って大事な役割があるんだから」

蒸し餃子やチャーシューまんも作らなければならない。どんどん粉を捏ねて頑張ってくれ、と肩を叩かれ、ようやく不知火は頰を緩めた。

「そうでしたね。どんどん作って余ったら冷凍することにします。そうすれば体験入部期間中、調理実習室でだけでも点心が提供できますから」

「おお、それはグッドアイデアだ！」

ミコちゃん先生に褒められ、不知火はさらに嬉しそうにする。最早、不知火を殺すも生かすもミコちゃん先生次第だった。

「よし、では、いざ出陣！」

大地は説明会用の原稿を手に、部員たちに声をかける。原稿は颯太のチェック済みだから安心だし、肉まんは三つの蒸し器に満載、カセットコンロで保温する予定になっている。サクラ役の優也の登場タイミングもばっちり打ち合わせた。

あとは『包丁部』のテーブルにひとりでも多くの新入生が来てくれることを祈るばかりだった。

　新入生歓迎会の一環である部活説明会が終了し、新入生たちが体育館から出てきた。

　ひとりふたりと『包丁部』のテーブルを通過していくが、そのうちの何人かは少し行った先で足を止めて振り返る。

　なんだか美味しそうなものがある。気になるけれど自分が最初に駆け寄るのは憚られ、なんとなく遠巻きに見ている――

　それは『包丁部』のテーブルで例年見られる風景だった。

　その状況を打破するためにサクラが投入されるのも例年のことで、今年のサクラはスリムで小柄、ちょっと見、新入生に見えなくもない。もしかしたら昨年の颯太よりも効果的かもしれない、などと思いながら、肉まん配布役を引き受けた大地と金森はサクラの登場を待っていた。

　ところが、その優也よりも先に、堂々と『包丁部』のテーブルにやってきた生徒がいた。

「こんにちはー！　これ、なんですか？」

　大地が、こいつどこかで見たことがある……と思っていると、新入生のほうも大地を覚えていたらしく、あっ！　と嬉しそうな声を上げた。

「俺のこと、覚えてますか？　去年の末那高祭のとき……」

「あー！　君か！」

家から通えない大学を目指しているため、是非とも料理を覚えたい。末那高入学の暁には『俺、絶対、包丁部に入りますから！』と宣言していった中学生がいた。受験勉強が厳しかったのか、あのときに比べれば幾分痩《や》せてはいたが、目の前にいるのは紛れもなくあのときの中学生だった。

「入学したんだ……いや、おめでとう。ようこそ末那高へ！」

「ありがとうございます！　俺、とにかく末那高、というか包丁部に入りたくて、すごく頑張ったんです！　で、これ、食べていいんですか？」

「お、おう！　食ってくれ！」

大地は、蒸し器から肉まんを取り出し、目の前の生徒に渡す。見るなり、彼は歓声を上げた。

「すっげー！　末那高祭のスコーンもすごかったけど、今度は点心、しかもちゃんと蒸し器まで使ってる！」

頑張って入学してよかったー！　という声が響き渡った。続いて、肉まんそのものへの感想が語られる。

「ほへー……なにこれ、皮がふっわふわ！　それにこんなにちっちゃいのにけっこう重い……あ、すげえ、中身ぎっしりだ――――！」

水野君出番なし……

金森が隣から囁いてきた。

目の前の生徒は、見事にサクラの役割を果たしていた。いや、仕込みじゃない分、よりリアルで、サクラを投入したとき以上の効果を生んでいる。その証拠に、遠巻きにしていた新入生たちが包丁部のテーブルに押し寄せてきた。

「俺にもください！」

「こっちにも！」

「おかわり、ありですか？」

真新しい、そしてお約束のようにぶかぶかの制服に身を包み、みんなが一斉に肉まんにかぶりついている。蒸してから少々時間が経っていたため、温度も下がり、熱くて持てないほどではなくなったことが功を奏し、受け取る、かじる、旨さに歓声を上げるといった流れが、そこここで発生。最初に用意した分はあっという間に消え失せた。

「あ、もうなくなっちゃったんですか⁉」

あとから来た生徒が、ものすごく残念そうに言った。ちょうどそのタイミングで、事務室で借りたらしき台車を押しながら優也が現れた。台車の上には、蒸し器がふたつ乗せられている。

これなら、空になった蒸し器と入れ替えるだけで補給完了である。早々にサクラ不要を見て取り、補給を取りに走ったことも合わせて、あとで盛大に褒めてやらねば、と思うほど見事な動きだった。

優也の役割をかっさらった新入生、木田三樹夫《きだみきお》は、その後も包丁部のテーブルを離れようとしなかった。入学前から入部の意思を固めていたにしても、少しは他の部も見てきてはどうか、と部員たちに言われてもどこ吹く風。その場で入部届を提出すると、もう俺も部員ですから、などと言いつつ、肉まんを配る手伝いまで始めてしまった。

真新しい制服に身を包んだ木田が、旧来の部員たちに交じって新入生を呼び込む姿は珍妙としか言いようがなかった。それでも、とにかく新入部員がひとり確保できたことに、大地は胸をなで下ろしていた。

その安心がいささか揺らいだのは、放課後、場所を調理実習室に移してからのことだった。

「大地先輩、あの木田って奴ちょっと変ですよ」

校内巡回用の保温ワゴンにカセットコンロをセットしていた大地に、優也がこっそり囁いてきた。

「変って？」

「あいつ、料理ができないなんて嘘だと思います」

当の木田は先程から、点心を作り続ける不知火の手伝いをしている。用意周到にエプロンまで持参、小麦粉を量ったり、捏ねたりで粉まみれになっていた。

「嘘……？　何でそう思う？」

「あの手つきを見てください。俺が初めてスコーンを作ったとき、とてもじゃないけどあんなじゃなかったですよ」

優也の指摘で改めて見てみると、確かに小麦粉を捏ねる手つきが妙に慣れていた。特に、初めて小麦粉を捏ねた人間特有の困惑、いわゆる「うへーべちゃべちゃ！　どうするんだこれ！」という感じがまったくない。ぐちゃぐちゃねばねばの状態で始まっても、時が来ればまとまり上がるというのを熟知しているようにしか見えなかった。

「あ、しかもほら、今だって……」

また優也が囁いた。

木田は、不知火が捏ね上げた小麦粉の塊を入れたボウルにすかさずラップフィルムを被《かぶ》せた。しかも、不知火に指示されてというのではなく自ら、それこそなんの躊躇いもなくラップフィルムを手に取ったのだ。

「小麦粉の扱いがあんなにわかってるんですから、他だって推して知るべしでしょう？料理を覚えたくて、なんて白々しすぎます」

「確かにな……」

その後、大地はずっと目の端で木田の様子を見ていた。

既に入部済みということで、木田は体験者用のシューマイだけではなく、チャーシューまんや春巻き、胡麻団子作製にも参加した。どれも具は既に作り終えていたので、作業としては包むだけだったが、生地に肉餡を包む、春巻きを巻く、表面にまんべんなく胡麻をまぶす……など、どれを取ってみても、木田の動きは『素人』とはほど遠かった。


その日、調理実習室に現れた生徒は二十数名だった。計量スプーンを使って作るシューマイなんてどれも似たようなものだろうと思っていたのに、木田が作ったものだけは別格。店で売られていても不思議ではない仕上がりだった。

やっぱり、こいつ、おかしい……。

そう思わざるを得なかった。

大地の知る限り、ここまで熱心に包丁部入部を望んだ生徒はいなかった。大学進学後の下宿生活に役立てるためなんて嘘っぱち、木田なら今すぐひとり暮らしを始めてもなんの問題もないレベルだろう。

正直に言えば、入部さえしてくれればこっちのもの、動機なんてなんだってかまいはしない。それなのに、わざわざそんな嘘をついた理由がわからなかった。

どうにも納得がいかず、体験希望、というより試食希望の新入生が引き上げたあと、大地は木田を呼び止めた。

「あのさー木田君、君が包丁部に入りたい理由って……」

「言ったじゃないですか。大学に進んだときの……」

「うん、ひとり暮らしに備えて料理を覚えたい。末那高祭のときからそう言ってたよね。でも、それって本当？」

「だめですか？」

「だめじゃないけど、なんかそこまで強い理由に思えなくてさ。料理が覚えたいだけなら、部活以外にもやりようがあるんじゃないかなって」

颯太のように母親が忙しくて教える暇がない、あるいは優也のように母親が味覚音痴、壊滅的に料理下手というわけでもない限り、料理のノウハウは家庭で培えないものではない。一直線に包丁部入部を考えるのは不自然だった。

大地に顔色を窺うように覗き込まれ、それまで賑やかに呼び込みを続けていた木田が黙り込んだ。

「ごめん！　余計なこと言った！」

　続く沈黙に、大地は慌てて謝った。

「いや、うちってとにかく人気がなくて、今までこんなに熱愛されたことなんてなかったから！」

　気分を害して入部を取りやめられては大変だ。だが、深々と頭を下げる大地に、木田は困ったように笑った。

「あはは……そりゃそうですよね。ちょっと、不気味ですよね」

「不気味ってほどじゃ……」

「いやいや、マジで変ですよ。末那高は運動部だって強豪揃いだし、文化部にしても吹楽部とか、写真部とかけっこう評価が高い部が多いです。にもかかわらず万年部員不足、廃部危機がデフォルトの包丁部を熱愛ですから」

　そこまで言わなくても、と言い返したかったが事実以外の何物でもない。反論の余地なく、大地は黙って木田の顔を見つめた。

「実は俺……料理が全然できないって訳じゃないんです」

「だよね」

その返事に、木田はふーっと大きく息を吐いた。

「ばれてましたか」

「うん。君はたぶん、俺たちよりもずっと料理の経験があると思うんだけど……」

「一部正解、一部不正解、って感じですね」

「どういうこと？」

優也がすかさず質問した。

彼はそれまで、使ったボウルや皿を洗いながら大地と木田の会話に耳をそばだてていたのだが、とうとう堪りかねて参入したのだろう。

「駅の向こう側にパン屋があるの、知ってますか？」

いきなり木田に訊ねられ、大地は首を傾げた。大地も電車通学だから毎日駅は利用している。だが、駅の向こう側にまではいかない。駅前ならまだしも、それを越えた向こう側にどんな店があるのかまでは知らない。きょとんとしているところを見ると、優也も同じなのだろう。

ところが不知火は違った。彼は今まで、空っぽに近くなった小麦粉の在庫を補充するために、どこかで安売りをやっていないかとネット広告を調べていたのだが、「パン屋」という言葉に即座に反応した。

「『バウム』のこと？」

「ああ、そうです。その『バウム』が……」

「君の家なんだね」

「……どうして……？」

木田が不知火を不思議そうに見た。言い当てられたのがよほど意外だったのだろう。

「やっぱり。だってバウムって木のことだろ？　君の名前は『木田』だから、たぶんそうだろうなって」

「そのとおりです。だから俺……」

「パンは得意……ってことか」

「はい。散々、家の手伝いをさせられてますから」

今日やった作業は生地で何かを包んだり、巻いたり、まぶしたりで、どれもパン作りと共通している。だからすいすいこなせた。店ではケーキやクッキーも扱っているから、概ね小麦粉関係、いや米粉まで含んで大丈夫なのだ、と木田は言う。

「不知火二世かよ!!」

大地は思わず叫んでしまった。

キャラかぶりもいいところだ。しかも、こっちは不知火のような『にわか』ではなくプ口仕込み、ばりばりの小麦粉教信者である。こんなのがふたりもいては、包丁部は年がら年中小麦粉まみれになってしまう――

だが、その心配は、次の台詞で吹っ飛んだ。

「うちはパン屋で、ちびのころから朝飯も昼飯も売れ残りのパン。正直、もうパンには飽き飽きなんです。日本人なら米を食え！　って大声で叫びたいぐらいで、だからこそ包丁部に入って総菜の作り方を覚えたいって思ったんです」

本当は新入生歓迎会恒例メニューの話も聞いていて、まずは豚汁から！　と期待して入学した。今年は豚汁じゃないと知って戸惑ったけれど、同じ小麦粉でも点心は目先が変わってとても面白かった、と木田は嬉しそうに語った。

「……そういうことか。確かに一部正解、一部不正解。君の入部動機も、全部が全部嘘ってことでもないな」

「でしょう⁉」

木田がほっとしたように言った。大地と優也がうんうんと頷く中、ひとり収まらないのは元祖小麦粉教信者だ。不知火は、いかにも不快そうに木田を睨んだ。

「だったら最初からそう言ってくれればいいのに。小麦粉の篩い方から教えた僕が馬鹿みたいじゃないか！」

不知火に強い口調で詰め寄られ、木田はしょんぼりと項垂れてしまった。あまりに気の毒で、大地はつい弁護してしまう。

「そう言うなよ。そもそも、ちょっと見れば経験者かどうかぐらいわかるだろ？　俺たちですら気付いたのに、ずっと素人扱いしてたおまえの目が節穴なんだよ」

「すみませんね！　僕は小麦粉しか見てなかったもんで！」

「怒るなって。いくら後輩のほうが遥かに小麦粉の扱いに慣れてるって言ってもさ」

あ、まずい！　と思ったときには、時既に遅し。優也の言葉は、もろに不知火の地雷を踏み抜いてしまったらしい。みるみるうちに、不知火の顔色が変わった。

「あーそうですか！　そりゃそうですよね！　僕なんて去年包丁部に入るまで料理なんてしたことなかったし、小麦粉を捏ねたのだって末那高祭のときが初めて。子どものころからパン屋修業してる人とは全然……」

不知火の台詞を聞いたとたん、木田が叫ぶように言った。

「え、それじゃあまだ一年も経ってないんですか⁉」

「そうだよ、悪かったね！」

「それでこの腕前ですか⁉　それってかなりすごいですよ！」

「え、そうなの……？」

木田の言葉に、大地も優也もきょとんとしてしまった。不知火に至っては、あっけにとられて二の句が継げない。そんな部員たちをよそに、木田は猛然と不知火を褒め称え始めた。

「一口に小麦粉を捏ねるって言っても、そう簡単じゃないんです。気温や湿度の差で水の量は微調整しなきゃならないし、それなりに手早くやらないと生地はどんどんだれて膨らまなくなってしまいます。でも、不知火さんは最初に粉に水を入れた段階で『ちょっと足りないか……』とか言って適当に水を足して、そのまま一気に捏ね上げて、ぱぱっとまとめちゃったんです。力の込め具合も強すぎず、弱すぎずで教科書どおりだし……」

見事でした、と盛大に褒められ、不知火のきつい眼差しが一気に緩んだ。

「そ、そうかな……。まあ、毎日毎日小麦粉ばっかり捏ねてたからねえ」

「毎日！　それって一年足らずですよね？　あの、前の部長さんに教えてもらったりとか？」

「いや日向先輩は……というよりも、今までの包丁部は野獣飯専門でお菓子類はあんまり……」

『野獣飯』という言葉に一瞬、怪訝な顔をしたものの、なんとなく意味を察したのだろう。

木田は突っ込むことなく会話を続行した。

「じゃあまるっきり独学⁉　それだけでもすごいです。俺は直接親父から教わってたんですけど、あんなふうに勘で水を足せるようになるまで随分かかりました。一年とかありえないです！」

いやはや、まったく脱帽です、と引き続き木田は持ち上げまくった。

普段から褒められ慣れていない不知火は、あっという間に陥落。実は、近いうちにパンも焼いてみたいと思っていた、短時間で手軽に焼けるパンのレシピとか知っていたら教えてほしい、なんて言い出し、木田は快諾。本年度の包丁部の活動にパン作りが加わることになってしまった。

「手作りパンでサンドイッチとか最高！」

不知火が大喜びでサンドイッチのレシピ本を捲り始め、木田も隣からそれを覗き込んでいる。

大地と優也はすっかり置き去り、大地は深いため息をついてしまった。

「まいったな……まさかこんな展開になるとは……」

「いいじゃないですか。うちは入部してくれればそれでOKだし、パン作りのノウハウを持った新入部員は貴重です。なによりプロ裸足の入部で不知火の暴走が少しでも止まれば儲けものです」

　末那高祭からこっち、不知火は朝から晩まで小麦粉小麦粉と吠えていた。

　自分以上に小麦粉の扱いに慣れた男の入部で、少しは自重するかもしれない、と優也は言う。

「うーん……なんとなく希望的観測にすぎない気が……どっちかっていうと加速する可能性が大だと思うけどなあ……」

「大丈夫ですって。木田君はパンには飽き飽きしてるって言ってたし、さっきみたいに上手いこと丸め込んで、総菜方面に持ち込んでくれますよ」

「あれって丸め込んだのか？」

「他に言いようがないでしょう。不知火の腕は、パン屋の息子がびっくりするほどのものじゃないですよ。どう考えたってセールストーク。まさに商売人の台詞です」

「そう言われてみればそうかも」

「『金森堂』のおふたりもあれぐらい言えれば、少しは経営状態も上向くんでしょうけどねえ」

　首をふりふり優也は嘆く。日常生活用品、というか金物屋のおやじとパン屋ではカラーが全然違うことぐらいわかっているが、それでも多少は学ぶべきところがある、という意見には大地も賛成だった。

「だから、心配ありませんって。万が一、不知火を小麦粉から引き離すのに失敗しても、折衷案で総菜パンって手もあります」

「フランクロールとか、焼きそばパンとか？　それはいいな！」

少なくともクッキーだのケーキだのの甘いお菓子三昧よりは、ずっと男子高校生の胃袋に適う。なによりパンなら差し入れもしやすいし、持ち帰りも簡単だ。引き続き、協力支援をお願いしたいバレー部や、妹教育に励む自分にとっても好都合だ、と優也は上機嫌で説明した。

不知火と優也、そして入ったばかりの木田まで含めて後輩たちは鼻歌でも歌いそうな様子。それを眺めているうちに、大地も、これはこれでありだな、という気分になってきた。毒をもって毒を制す、ではないが、にわか小麦粉教信者不知火はパン屋の息子には一目置くに違いない。翔平と颯太の引退後、うっかりするとすぐに小麦粉料理に持ち込まれていた包丁部生活も、総菜を学びたいと主張する木田の影響で少しは軌道修正されるだろう。

「ま、結果オーライとしておくか……」

「そうそう、結果オーライ。これで部員は五人。今年の廃部危機は回避できたんですから」

『今年の』と付けざるを得ないほど毎年毎年廃部危機というのは情けない限りだが、現実は現実だ。予想外のスピードで新入生をひとり確保できた。この勢いでもう二、三人ゲットだ！　と大地は勢い込んだ。

「よーし、じゃあ明日の放課後に向けて、もうひとがんばり！」

優也の声で、レシピ本を読みあさっていた不知火が顔を上げた。

「体験用に用意した材料がまだ残ってるんだった！　とりあえず作っちゃいましょう」

シューマイの皮も肉餡もまだたくさん残っていた。

「そうだな。蒸すのは明日にすればいいし……」

大地がそう言いかけたとき、木田がおそるおそるといった感じで言い出した。

「えーっと……明日に回すとやっぱり味とか落ちちゃいますよね？　いっそのこと全部配っちゃったらどうでしょう？」

「今から？　それは無意味でしょう」

不知火が壁の時計を見上げて言った。

時刻は午後五時を過ぎようとしている。包丁部の体験は短時間で終わるから、さっさと引き上げていったけれど、運動部などに行った新入生たちはそれぞれの部で活動真っ盛りのはずだ。点心を持って行ったところで上級生を差し置いて、彼らが手を伸ばせる可能性は小さい。あっという間に二、三年生の口に消えてしまうだろうと言うのだ。

不知火の意見に、優也も賛成した。

「今持って行っても、新入生の口に入らないよ」

ところが木田は、自信たっぷりに言い返した。

「今じゃありません。蒸すのに時間がかかりますし、持って行くのは午後六時。場所は新入生用昇降口です」

「なるほど……」

通常、末那高における部活動は午後七時まで認められている。だが、手のかかる体験入部者を最後まで参加させると自分たちの練習が疎《おろそ》かになる。そのため、新入生は午後六時まで、その後は既存部員たちのみの活動と決められていた。

「六時過ぎの昇降口にやってくるのは新入生ばっかり……それを狙ってってことか!」

木田君、あったまいい！　と優也に大絶賛され、木田は照れくさそうに頭を掻《か》いた。

「頭がいいとかじゃありません。実はうち、六時過ぎになると割引セールをやるんです。毎年、今の時期、末那高の制服を来た子たちがいっぱい寄っていってくれるんですよ。でも、五月に入ると数がぐんと減るんです。なんでかなーって親父たちも首を傾げてたんですが、入学してやっとわかりました。体験入部期間だからなんですね」

「……にしても、咄嗟にそれを思いつくなんてまさに当意即妙……」

不知火がまた小難しい言葉を呟いた。相変わらず意味はわからないが、ニュアンスとしては褒めているから悪い言葉ではないのだろう。今年の新入部員はかなりのやり手、包丁部の未来は明るい、と大地は意気揚々だった。

「ということで、午後六時の昇降口は狙い目です。たぶん、明日以降も……」

「よっしゃ！　そうと決まったら、六時に合わせて蒸し上げるぞ！」

「ラジャー！」

大地の号令一下、包丁部員たちはシューマイ、そして一時間あるなら、と急遽《きゅうきょ》追加された胡麻団子と春巻きの作製に取りかかった。


「準備完了！　さあこい、新入生！」

時計の針が午後六時を指した。

ずらりと下駄箱が並んだ昇降口、上がりがまちにふたつの保温ワゴンを据え、包丁部員たちは着替えて下校しようとする新入生を待ち受けた。

雑談、あるいはスポーツバッグのぶつけ合いというういかにも高校生になったばかりの男子、というふざけ合いをしながらやってきた新入生が、保温ワゴンを見て足を止めた。すかさず大地は、一番上のミニ蒸籠の蓋を取って中を見せる。

「体験入部、お疲れさん。腹が減っただろう？　包丁部特製の蒸したてシューマイ、食ってかない？」

「マジ？　食っていいんですか⁉」

「どうぞ！」

そこでもう一台の保温ワゴンから優也が呼びかける。

「こっちは揚げたての春巻き、胡麻団子もあるよ！　疲れてるときは甘いものもおすすめ！」

「うわー旨そう！　いっただっきまーす！」

仕込み、偶発にかかわらずサクラ不要。腹が減った高校男子たちは保温ワゴンに殺到。中にはふたつのワゴンから点心をかっさらう者まで出てきた。

「すげえ、この春巻き、ぱりっぱりのさっくさくだ！」

熱々の春巻きにかじり付き、彼らは驚きの声を上げた。さらに春雨や豚肉、椎茸、筍などがふんだんに入れられた具のボリュームに圧倒される。

「春雨ってなんだか食ったか食わなかったかよくわかんねえ、と思ってたけど、これだけしっかり味付けしてあると存在感たっぷりだな」

「うん、食べ応えもあるし！」

「春巻きもいいけど、胡麻団子も旨いよ。餡子は熱々だし、この胡麻の量……」

表面にはびっしりと隙間なく煎《い》り胡麻がまぶされている。まさに『胡麻団子』の看板に偽りなしである。

最初に胡麻の歯ごたえ、次にもっちりした生地、そして柔らかい餡……

小さな胡麻団子に体験入部で疲れた心身を癒やされ、新入生たちの間に笑顔が広がっていく。

調理実習室を訪れた新入生にはあまり人気がなかった胡麻団子だったが、昇降口では大人気。胡麻団子の数を増やしましょうと提案した不知火は功労賞ものだった。

優也に言わせると『不良在庫を処分したかったからに違いない』そうだ。けれど、明日に回すという手もあるし、肉まんやチャーシューまんだって材料は残っていた。ここであえて胡麻団子を推した不知火は評価されて然《しか》るべきだった。

入ってきたときには、本当にとんでもない奴だとしか思ってなかったけど、不知火はもうしっかり包丁部の一員だ。部が存続するかどうかの判定会議が終わり次第、退部してもらいたいなんて思って悪かったな……

大地は、どんどん空にされていくミニ蒸籠を見ながら、そんな反省をしていた。そのとき、ひとりの生徒が声をかけてきた。

「あの……包丁部っていつもこんなに旨いものばっかり食ってるんですか？」

ものすごくアレンジして、失敗して食えなかった、なんてことはないんですか？　と、その生徒は訊ねる。

「うーん……うちは代々『食えりゃいい』って感じだったからアレンジはけっこうするけど……」

「あ、じゃあ、やっぱりこの春巻きやシューマイは特例？」

「じゃなくて……」

『食えりゃいい』はすなわち、『食えなければならない』でもある。たとえ失敗しても、なんとか食べられるように修正を施す。それは翔平や颯太のみならず、代々包丁部の部員たちが実践してきたことである。包丁部の『野獣飯』時代の陰には、修正を施そうとして調味料や食材を足しまくったために大量に出来上がってしまったという事実があった。

「包丁部は食べ物を粗末にしないのがモットーなんだよ。基本、食材で遊んだりしないし、不幸にして食えなくなっても食えるようにする。ということで、うちで作るものは概ね旨い」

昨年、末那高祭のメニュー決めのときに作った歯固めや漢方薬みたいなクッキーですら、牛乳に浸したり、砂糖で作った衣をかけたりして食べ尽くした。大地の知る限り、包丁部で食材やできた料理を捨てたという過去はなかった。

「そうなんだ……」

その生徒はなんだか納得がいったような、いかないような顔で頷いた。

日には良く焼けているし、肩にも腕にもしっかり筋肉がついている。肩に提げているスポーツバッグが使い込まれているところを見ても、彼は中学生のときから運動、しかも屋外で活動する部に所属していたのだろう。

「君、もしかして野球やってた……？」

「え……あ、はい……」

短く刈り込まれている、というよりも坊主刈りが伸びたような感じの髪からの推測は、どうやら的を射ていたらしい。

「そうか……」

大地は落胆を隠せなかった。

末那高野球部はそれなりに強い。さすがに甲子園に行ったことはないけれど、毎年県大会でシード校に選ばれるレベルである。公立進学校にしては見所があるというのが周りの評価で、勉強も野球も両方頑張りたい球児たちの人気が高い。中学から野球をやってきて末那高に入学したのであれば、そのまま野球部入部、包丁部に入る可能性は極めて低いのだ。

ところが、その生徒は少し躊躇ったあと、意を決したように切り出した。

「俺、料理に興味は全くありません。ちびのころから野球ばっかりやってました。家の手伝いもしたことないし、たぶんまともに包丁も使えないと思います。でも、旨いものを食うのは大好きなんです。そんな理由で入部ってありですか？」

「ちょっと待て、琢馬《たくま》！　おまえ、何言ってんだ！」

隣にいた生徒が驚愕《きょうがく》の声を上げた。

彼は『琢馬』と呼ばれた生徒よりも一回り大きい。背が高いというのではなく、文字どおり『大きい』のだ。身につけている筋肉量に圧倒的な差が窺えた。『琢馬』は陸上をやっていた当時の自分の体型に近いが、彼は筋トレ命の翔平タイプ。しかも、フライパンや鍋を振るために筋トレしていた翔平と違って、彼はガチの運動部、本気で鍛え上げられた筋肉だった。

「高校に入っても一緒に野球をやろうって言ってたじゃないか！　なんでこんな……」

エプロン着けてシューマイ包むような部に入ろうとしてるんだ！　とでも続けたかった

のだろう。だが、さすがに包丁部員、しかも部長の大地相手にその発言はない。その程度の礼儀はわきまえているらしかった。

「なあ琢馬。俺たち小学校から一緒のチームだったよな？　六年生のときにバッテリーを組んで、俺がピッチャーで、おまえがキャッチャー。それ以来、ずっとふたりでやってきた。高校に行ってもバッテリーを組もうって！」

「ごめん……でも、俺、今日の体験入部でわかったんだ……」

「なにが⁉」

「俺以外にキャッチャー志望が三人もいた。しかも俺よりすごい奴ばっかり。俺はここではレギュラーになれない。でもピッチャー志望でおまえより速い球を投げる奴はいなかった」

　おまえはレギュラーになる。でも俺は無理だ。だから一緒に入部しても、俺たちがバッテリーを組むことはない、と琢馬は肩を落とした。

「そんな……そんなのやってみなきゃわからないだろ！　バッテリーなんて相性だ！　俺が一番投げやすい奴に捕ってもらうのが……」

「それもう中学でやったじゃん。おまえが俺じゃないと投げない、なんて言うから正捕手はずっと俺だった。でも、俺より補欠のキャッチャーのほうがずっといいもの持ってた。

おまえが俺とのバッテリーにこだわらなければ、正捕手はあいつだった」

「知るか、そんなこと！　俺はおまえとやりたかったから……」

「もっといいキャッチャーに引っ張ってもらえば、おまえはもっと伸びる。甲子園だって、もしかしたらプロだって狙えるかもしれない。俺にこだわってちゃ駄目だ」

俺はもう野球は十分だ。これ以上おまえの足を引っ張りたくない。だから、俺は野球をやめようと思う、と琢馬はきっぱりと言い切った。

「実際、今日の練習、すごくきつかった。体験入部ですらこれなら、俺にはちょっとついていけそうにない」

「琢馬……」

——ごめん、それどっかよそでやってきてくれないかな……

あまりにも話題が重すぎて、大地は天井を仰ぎたくなってしまった。

大地は膝を壊して泣く泣く陸上部を退部した。運動部のレギュラー争いや、退部にまつわるあれこれだってまんざら知らないわけじゃない。それでも、小学生時代から続いてきたバッテリーの解散劇なんて見たことはない。どっちの気持ちもわかるだけに、身の置き場がなくなってしまう。

「えーっと琢馬君……？」

「蘇我、蘇我《そが》琢馬です」

「じゃあ蘇我君。うちはいつでも大歓迎だけど、もうちょっと考えてからのほうがいいんじゃないかな。今日初めて野球部に行って、他の入部希望者を見てびびったかもしれないけど、そいつらが全員入部するとは限らないし、練習についていけないかもっていうのはみんなが思ってることだよ。体力はやってるうちについてくる。それに、入ってみたらキャッチャー希望者は君だけなんて可能性も……」

もっともらしいことを言ってみたが、その実、とにかく目の前から消えてくれ、だった。いくら新入部員が欲しくても、こんなしがらみを抱えた入部希望者ではこちらも扱いに困る。少なくとも長年バッテリーを組んできた相手だけでも納得させてからにしてほしかった。

「ですよね！　な、琢馬。もうちょっと話し合おう。なんなら他の連中がどれぐらい入部するか確かめてからでも！」

「……でも……」

「末那高には運動部も文化部もいっぱいある。野球を止めるにしても、他も見てからにしなよ」

体験入部はまだ始まったばかりだしね、と大地は無理やり微笑んだ。

願わくば、この面倒くさい問題をきれいに片付けて包丁部に入部してもらいたい。だが、こちらを睨みつけてくる長年の相棒の様子から考えて、それは難しいような気がした。

「あいつ、また来ますかね……」

空になった保温ワゴンを押しながら調理実習室に帰る途中で、不知火がぽつりと呟いた。

「どうかな……運動部、しかも野球とうちみたいなとこじゃ温度が違いすぎるからな……」

自分のように身体を壊して続けられないというわけじゃない。熱望してくれる仲間もいる。それらを振り切って入部してくるには、『食べるのが好き』というのはあまりにも弱い理由のような気がする。体験入部が思うに任せなかったとき、たまたま目の前に点心を満載したワゴンが出てきて飛びついただけかもしれない。

本人にも言ったとおり、体力はそのうちついてくる。それは中学から引き続き高校の陸上部に入った自分が保証してもいい。大地だって、末那高陸上部に入部したてのころは、帰宅後、食事もそこそこに布団に倒れ伏した。それどころか、授業中だって居眠りばかりだったのだ。

それでも、夏休みに入るころにはなんとかついていけるようになった。一時の迷いで野球を諦めるのはもったいない。たとえレギュラーが取れなくても、野球を続けたほうが彼にとっても幸せに思えてならなかった。

だが、不知火は依然として一時の迷いでも本人の意思に違いない、理由なんてどうでもいいのだと主張した。

「料理を作る上で、食べるのが好きってものすごく大事な要素だと思います。料理の発展は、すべて食に興味のある人間の功績と言っていいほどです」

「そうかあ？　偶然の産物ってのもけっこうありそうだけどなあ……」

「その偶然だって、何かを作って食ってみようと思わなきゃ発生しません。始めに食への好奇心ありき、ですよ。第一、僕の入部動機だってひどいもんでしたし」

「確かにひどいよね。包丁の語源を実践……」

「優也！」

大地は慌てて、迂闊な突っ込みを入れかけた優也を制止した。

せっかくご機嫌良く小麦粉にまみれ、牛一頭丸ごと解体について忘れ去っているというのに、こんなところで思い出させてどうする！　である。

だが、時既に遅し。不知火の耳は『包丁の語源』という言葉をしっかり捉えてしまっていた。

「包丁の語源……そういや、そんなことも言いましたね……」

「えーっと……その、なんだ……今でもやってみたいとか思ってる？」

こうなってはどうしようもない。思い出させたほうが悪い。

大地は、諦めたっぷりに訊ねた。気分は、牛は無理でも、豚……いや、それも無理だ、鶏一羽ぐらいならなんとか……だった。

「鶏ねえ……ローストチキンもパスしたぐらいなのに？」

「いや、でも……まあ、せめてそれぐらいは……」

そう言いながら優也を見ると、彼もうんうんと首を縦に振っている。牛に比べれば鶏なんておもちゃみたいなものだ。それで済むなら御の字だった。

大地は、調理実習室で鶏の羽をむしりまくる不知火を想像し、その悪魔絵的な情景にぞっとする。わずかに顔色が悪くなっているところを見ると、優也も似たり寄ったりの想像をしたのだろう。

ところが、そんなふたりを見て、不知火が吹き出した。普段の彼からは考えられないような、大きな笑い声に、大地はきょとんとしてしまった。

「なんだよ、いきなり……そんなに鶏をばらせるのが嬉しいのか？」

「違いますよ。いや、勝山先輩も水野君も真面目だなあ……と思って」

「は？」

「確かに僕は、去年、調理実習室で包丁の語源の話をしました。でも、あんなの本気な訳ないじゃないですか。高校の調理実習室に牛を一頭丸ごと持ってくるなんて不可能です。中学のとき、生物の授業で豚の消化器を見せられたことがありましたが、あれだって相当な大きさでした。ましてや牛……ありえませんって。冗談ですよ、冗談」

「冗談なら、冗談らしい顔で言ってくれよ……」

大地はがっくりと肩を落とした。

ただの冗談に一年近く振り回され、『牛』という言葉すら使わないようにしてきた。これじゃあ、俺たち、馬鹿みたいじゃないか！

不知火は依然として笑い続けている。

「なるほどね、なんだか急に言葉を切ったり、話を逸らしたりすることがあると思ってたけど、あれって全部『牛』がらみだったんですね。いやはや、なんとも、お疲れ様です」

「不知火……おまえって本当に性格悪いよな！」

優也に憤然と言い切られ、心外だとでも言いたそうな顔になりながらも、不知火は一応謝った。

「ごめん、ごめん。でもまあ、そんな怪しい動機を持ってると思われた僕でさえ、今はいっぱしの包丁部員。それなりにちゃんと活動してる」

それなりに活動はしてるが、ちゃんとかどうかは定かじゃないぞ……

とはいえ、不知火は毎日飽きずに調理実習室に通ってくる。週末だって、家で小麦粉料理に勤しんでいるらしいし、自主練など滅多にしない大地よりも、遥かに包丁部員らしい。

そんなことを思っている間にも、不知火と優也の会話は続く。

「それにさ、幽霊部員前提で入部した金森さんだって、包丁部に随分貢献してくれてるだろ？　大事なのは理由とか動機じゃなくて、うちに入って何をするかだよ」

「一理ある……」

「一理じゃなくて、それが全部なんだよ。ということで、僕はあの蘇我君って子が入部してくれることを祈ってるし、包丁部に入ってよかったって思われるように頑張るつもり」

「不知火、偉い！　廃部回避の数合わせ要員で、判定会議終わり次第退部してほしいと思ってたおまえがこんなに立派に……」

「え、僕ってそういう扱いだったの？」

何でそこまで暴露する……と、大地は頭痛が起きそうだった。

「優也、おまえの口はチャーシュー用のたこ糸ででも縫い付けとけ！」

「ほんと。僕も相当失礼な口をきく奴だって言われてるけど、水野君もかなりだよ」

「それもこれも、包丁部に入ったおかげ。優れた教育の成果です」

優也はしれっとそんなことを言う。

今の彼は口八丁手八丁、辛辣な口をききながらも、ひどくスムーズに食材を切り、炒め、焼き、煮もする。新入生歓迎会の豚汁を『レトルトみたい』と評して部員たちの怒りを買い、調理実習室に入ることすらできなかった気弱な新入生はもうどこにもいない。

すべてが翔平と颯太を中心とする包丁部の面々、及びミコちゃん先生との間で交わされる会話から身につけたものとは限らないにしても、優也が受けた影響は小さくない。今の優也であれば、幼馴染に天文部に強制入部させられそうになっても、自力で逃げ出せそうだった。

「俺は包丁部に入って本当によかったと思ってます。料理が上達したのはもちろん、性格まで前向きになりましたから。あの蘇我って子、なんとなく『でもでもだって……』って感じがしたけど……」

「あーそういえばそんな感じだった。できない理由を並べて満足してる、みたいな？」

「だろう？　うちに入れば、そういうところも変わるよ」

「いつからうちはメンタルケアまでやるように……」

「腹が減ったぞ──！？」

そこにいきなり入ってきたのは、ミコちゃん先生だった。

ドアを開けるなり、調理台や保温ワゴンに目を走らせたところをみると、点心の残り物でも狙ってきたのだろう。だがあいにく、どの蒸籠も空っぽ。残っているのは冷蔵庫の中にある明日の放課後に配布するための食材だけだった。

「うわー出遅れた！　ちくしょー！　なんでこんな日に職員会議なんてやるんだ！　こんなことならバックレればよかった！」

ミコちゃん先生、職員会議は重要な職務です、バックレるなんてもってのほかです！

翔平がいたら、きっとそんな説教を始めただろう。けれど、ミコちゃん先生の好敵手、前部長は既に卒業済みだ。ミコちゃん先生相手にそんな口はきけそうもないし、さすがに優也だって無理。ミコちゃん先生を崇拝している不知火が言うわけもない。

ということで、翔平たちが卒業して以来、ミコちゃん先生の傍若無人状態は激化。部員たちにできるのはせいぜい聞き流すことぐらいだった。

「おまえらなー、顧問の分ぐらい残しとけよ！」

「いや、俺たちもここまで見事に空っぽになるなんて思ってもみなかったんで……」

例年、サクラ導入の甲斐あって、体育館前の通路で配布する豚汁には新入生が群がり、あっという間に鍋は空になる。だが、放課後になってから調理実習室を訪れる者は少なく、そのせいで豚汁はけっこう残る。昨年までならこんな時間になっていても、ミコちゃん先生が残り物にありつくことは難しくなかった。けれど、保温ワゴンで校内を巡回し、さらに昇降口でも配ったおかげで見事に払底。今の今まで、ミコちゃん先生のことなど誰ひとり思い出さなかったのである。

「申し訳ありません。明日は必ず！」

「うん、期待してる。まあ、保温ワゴンがあるのは今日だけだし、明日はもうちょっと客足も落ち着くだろう」

「落ち着かれちゃ困るんですけどね……」

小声で言った優也の意見を聞きつけ、ミコちゃん先生は大笑い。そりゃそうだな、本末転倒だった、と軽く謝ったあと、改めて大地を見た。

「勝山、点心配布は上手くいったみたいだが、新入部員勧誘のほうはどんな具合だ？」

「既に入部したのがひとり、懸案中がひとり、って感じです」

「おー！　もう入部したのがいるのか！……って、なんだ『バウム』の息子じゃないか」

そこでようやく、ミコちゃん先生は調理実習室の隅っこに立っていた木田の存在に気付いた。しかも、彼女は木田の家がパン屋であることを知っているらしい。

新入生は四百人以上いるのに、たまたま入部してきたのが既知の生徒なんて……と大地は驚いてしまった。

「ああ、私の家は駅の向こう側だから時々お世話になってる。朝早くから開いてるし、夕方のセールもありがたい。なにより、どのパンもすごく美味しいんだ」

「ありがとうございます……」

木田が照れくさそうに頭を下げた。そんな木田をミコちゃん先生は、しみじみと眺める。

「君が親父さんやおふくろさんを手伝って、店に出てる姿を時々見かけた。オーブンからパンを出したりもしてたから、ただの販売員じゃなくて、作るほうも手伝ってたんだろう？」

「それなりには……」

「だよな……。夏休みはほとんど毎日見かけたし、冬休みですら朝一番には店にいた。客のあしらいにも随分慣れてたし、作るほうもそこそこ。まさか、君が今更包丁部に入ってくるとは……」

いやはやびっくりだ、とミコちゃん先生は軽く目を見張った。

「あーでも、木田君って総菜部門はさっぱりなんですって。だから……」

「なるほど。パンは作れてもそれだけじゃ困るってことか。殊勝な心がけだが、本当の狙いは他のところにあるんじゃないのか？」

「どういうことですか？」

　不知火がミコちゃん先生、そして木田を訝《いぶか》しげに見て訊ねた。

　家からは通えない大学に進学したい。となると自炊は必須。ついては包丁部に入って総菜の作り方を一通り覚えたい、というのが木田の入部理由だったはずだ。

　ところがミコちゃん先生は、それだけじゃないだろう？　と問う。訊かれた木田のほうは、なにやらもじもじ……

　訳ありとしか思えなかった。

「木田君、他にも理由があるの？」

　別に理由なんかなんだっていいんだけど……と付け加えながら、大地は木田の返事を待った。だが、彼は一向に口を開こうとせず、次に発言したのはしびれを切らしたミコちゃん先生だった。

「包丁部は部員が少ないから、部費だって大してもらってない。こいつらは年がら年中、予算不足で喘《あえ》いでて、料理を作るにしても金がかからないことが前提。そのわりには出てくる料理はそこそこ旨い。君はそのノウハウが知りたかったんじゃないのか？」

　どうやったら出来映えに最小限の影響しか与えず、食材の質を落とせるか——

君が知りたかったのはそれだろう、とミコちゃん先生は断定した。

それを聞いた木田が、深く頷いた。どうやら、ミコちゃん先生の推測は当たっていたらしい。

「そのとおりです。でも、どうして……？」

「前に、店で親父さんとおふくろさんがやり合ってたのを聞いたんだ」


『お父さん！　またこんなに高いバターを仕入れちゃったの⁉　もっと安いのにしてってあれほど……』

『安いのはちっとも手に入らない。なにより、このバターは値は張るが、それだけに質は素晴らしい。バターロールの仕上がりなんて段違いなんだぞ』

『わかってますよ、そんなことぐらい！　でも値段が変わってないんだから、その分うちの儲けが減るじゃありませんか！　こんなに良いバターを使うつもりなら、値上げしないと！』

『馬鹿なことを言うな。一個百円以上するようなバターロール、誰が買うんだ！』

『だったらもっと安いバターを……』

『だから、品薄で手に入らないんだって！』

「とまあ、こんな感じで堂々めぐり。親父さんとおふくろさんは店の奥でやり合ってて、レジには君が立ってた」

「ああ、覚えてます。バターが品薄で、それまで使ってたのが軒並み品切れ。やむを得ず、高いのを仕入れたんですが、それがおふくろには気に入らなかったみたいで……」

「ないものはないんだから手に入る物を使うしかないって親父さんは言うし、おふくろさんは、それならいっそ今までのバターの流通量が戻るまで、バターロールやクロワッサンみたいにバターを大量に使うようなパンは作らないようにするべきだ、とか……ひそひそこそこそ、ずっとやってた」

「でしたね……っていうか、そのバター戦争は未《いま》だに継続中です」

「だろうな。一時ほどじゃないけど、前と同じってことでもない。それに、一度良いバターを使ってしまったら元に戻すのも大変だろう」

「そうなんです！　おふくろだってそれがわかってるから、良いバターがデフォルトになるのは困るって……。でも、お客さんは旨い旨いって大喜びだし、そうなると親父はますます聞いてくれない。結局、うちのバターロールは良いバターを使うことで固定。売り上げは少し増えましたが、バターの値段が災いして利益は減っちゃったんです」

一事が万事、とにかくうちの親父は『美味しいパン』を追求するあまり、儲けを度外視してしまう。家計を預かるおふくろは苦労のしっぱなし、このままでは自分の進学資金も怪しくなってしまう、と木田は眉間に深い皺を寄せた。

「店は親父が仕切ってるから無理だけど、家で食べるものならなんとかなります。安い素材でも旨いものが作れるってわかれば、店のほうだって工夫する気になってくれるかもしれない。包丁部の料理はそのためにもってこいだと思ったんです」

それを聞いて、優也が大きく頷いた。

「あ、それは大正解かも。うちは、いかに旨いものを、安く、しかも大量に作るか、が勝負みたいなもんだし」

「だよな……高くて旨いは当たり前。翔平先輩たちがあれほど食材を無駄にするなって言ってたのも、全部そこに繋がるんだし……」

捨てる部分が多ければ、結果として材料費は上がってしまう。だからこそ、剝いた野菜の皮とか、肉の切れっ端まで大事に使ってきた。

いわゆる『男の料理』は原価度外視、旨いには違いないが、毎日こんなことはやってられないと評されることが多い。その対極にあるのが、包丁部の『野獣飯』だった。

「総菜を作れるようになりたいっていうのは嘘じゃありません。でも……」

「ただの総菜じゃ駄目。安い素材で親父さんを唸《うな》らせるような総菜。そういうのを作りたくて、木田は包丁部に入ろうと思った、ってことだな？」

　台詞の後半をミコちゃん先生に攫《さら》われつつ、木田は自分の本当の入部目的を語った。

「なんで言わなかったの？　別にやましい理由じゃないと思うけど……」

「なんていうか……包丁部の人たちって、もっと純粋に料理を楽しんでるんだと思ってたんです。料理が好きで好きで仕方がなくて、朝から晩まで包丁を握っていたい、とか……」

「うーん……まあ、去年の部長あたりはそうだったんだけど、今の部員たちは必ずしも料理が命ってこともないな」

　俺たちのどこがそんな風に見えたんだろう、と大地は苦笑いしてしまった。

　現に、自分は陸上部からの転部組だし、優也は妹の味覚音痴阻止、不知火は語源研究部設立までの間に合わせ、金森に至っては単に『楽しそう』あるいは末那高で最も気楽に幽霊部員化できそうだという理由での入部だった。真の料理好きだから、なんて言えるのはひとりもいない。

「なんですよね……今日一日、一緒にいただけでそれは十分わかりました。しかも、みんなして『入部動機なんてなんでもいい』って断言するし……」

「そりゃそうだろ。うちは単に部員が欲しいだけで、料理馬鹿を集めたいわけじゃない。みんなが集まって料理を作って楽しければそれでＯＫ。逆に、うちみたいな活動を楽しめないような奴は、どんなに志が高くてもパスだよ」

大地の言葉にすかさず、但し、選べるほど部員が集まったらね、と不知火が突っ込み、部員たちは一斉に笑い出した。

「ま、そんな日が来るとは思えないけど」

「えーでも大地先輩、望みは全くないわけじゃないですよ。料理馬鹿にはなれないけど、楽しいことは大好きって奴はいっぱいいますって」

「そうですよ。現に、さっきの蘇我って奴だって、ストイックすぎる野球部の練習に辟易《へきえき》したのかもしれません。俺の青春、グラウンドを駆け回るだけで終わっていいのか？　とか」

「それもひとつの青春の在り方だが、本人が疑問を感じたのなら方向転換はあり。そんなときこそゆるゆるだらだら、幽霊、悪魔、物の怪《け》まで大歓迎の包丁部へどうぞ！　だな」

「ミコちゃん先生、さすがに悪魔とか物の怪はパスです！」

大地が上げた悲鳴に、部員たちは再び大笑い。即座に優也が、調理実習室のドアに貼られている勧誘ポスターに、『入部資格人類　但し、それ以外も応相談』と書きに走り、大地のメンタルに多大なダメージを与えることとなった。

　とはいえ、ひとりの新入部員を迎え、『包丁部廃部の危機回避』という部長として一番大事な責務を果たした大地の心は、空っぽの蒸籠のように軽かった。

エピローグ――それぞれのその後

ゴールデンウイークが明けた五月八日、調理実習室には、授業を終えた包丁部員たちが集まっていた。

「いやー参りました……」

優也が辟易した顔で、調理台兼テーブルに突っ伏した。

何事かと聞いてみると、連休中、妹の友達が入れ替わり立ち替わりやってきて、優也に料理を教えろと付きまとったそうだ。妹だけならともかく、その友達までとなると気の使いようも半端ではなく、優也はすっかり疲れ果ててしまったらしい。

同情はするものの、優也は元々妹に料理を教えるために包丁部に入ってきたのだから、連日の料理教室開催は本望だろうと思う。しかも、妹の友達ならばりばりの女子中学生、考えようによってはウハウハのハーレム状態。これが颯太なら、そこら中を踊り回って喜んだことだろう。

だが、大地のそんな話を聞いても、優也の渋い顔は少しも緩まなかった。

「ＪＣだけなら文句はありませんよ。妹の友達って、それなりにレベル高いし！　でもね、男までやってきた日には!!」

「え……男も来ちゃったの？」

そりゃ災難、とばかりに、不知火がよしよしと頭を撫《な》でたが、優也の嘆きは止まらない。

「しかも、その男ってのが、なんだかチャラくて、妹にべたべたしまくって……」

「チャラい……それは月島先輩ぐらい？」

「颯太先輩の三倍ぐらいだよ！　でもって、颯太先輩ほど頭脳派でも、話し上手でもない！」

「最悪だ！」

「だろう？　目の前で妹と頭の悪そうな会話を繰り広げられて、わずらわしくて仕方がない。その上、本人は料理なんて丸っきりやる気ないし！」

「なんだそれ……何しに来たのそいつ？」

「知らないよ！　妹が無理やり連れてきたんじゃないの？　たぶん、あいつ、あのチャラ男《お》に気があるんだ！」

なんだ、ただの焼き餅かよ……。

大地は思わず、吹き出しそうになった。

本人はことあるごとに否定するが、その実、優也は妹が可愛くて仕方がないのだ。なんのかんのいいながら、妹に料理を教えることを楽しんでいる。そこに、得体の知れない男が入り込んできた。しかも、どうやら妹はそいつに気があるらしい……となれば、いらいらするのも当然だった。

「もうね、麺棒で頭でもぶん殴ってやろうかと思ったよ！　あんな奴、ぶん殴ったら麺棒が汚れるからやらなかったけど！」

そりゃまた穏やかじゃないな。思いとどまって正解だ。でも、麺棒を使うような料理をしていたのか……。となるとやっぱりスイーツ系？　それでは男子中学生が興味を持つわけがない。メニューの選択ミスでは？

なんてあらぬ事を考えながら、大地は不知火と優也の会話を聞いていた。

麺棒という言葉が気になったのは大地だけではなかったらしく、即座に不知火が突っ込んだ。

「麺棒を何に使ってたの？」

「パイ皮を伸ばしてた」

「うわー、パイ皮！　それはまた難易度の高い……」

小麦粉にバターを混ぜ、あるいは包み込み、伸ばしては畳み、畳んでは伸ばすを繰り返して作るパイ皮は、労力がかかる上に、焼き加減が難しく失敗が多いメニューである。

小麦粉教信者不知火ですら、何度か失敗を繰り返した挙げ句、ため息まじりに既成の冷凍生地を使うことがあるほどなのだ。そんな高難易度のパイ皮に優也が挑んだと聞いて、不知火も大地もびっくりしてしまった。

「なんでまたそんなものを……しかも、パイ皮を使ったってことはスイーツだろ？　どう考えても男子中学生が興味を持ちそうにないメニューなんじゃ……」

飽きて妹をかまい出しても無理はないんじゃないか、と不知火はとどめを刺すように言った。

ところが、優也は憤然と言い返した。

「スイーツじゃないよ。作ったのはクリームシチュー」

「クリームシチュー……ってことは……」

「シチューを器に入れて、パイ皮で蓋をして、オーブンで焼いたんだ」

「素晴らしい！」

不知火が絶賛した。それもそのはず、クリームシチューは小麦粉とバターで作ったルーを牛乳で伸ばして作る。それにパイ皮で蓋をしたのであれば、小麦粉オン小麦粉。小麦粉教信者としては、これ以上にはないというぐらい素敵なメニューだった。

「ただのシチュー？　なんて妹に言われてムキになっちゃったんだ。シチューの蓋なら、万が一膨らまなくても、それなりに絵にはなるかなーって思って……」

なんとか成功してよかったよ、と優也は少しだけ嬉しそうな顔をした。

「すごいですよ、水野先輩！　ただのシチューって言われて、咄嗟にパイ皮で蓋をすることを思いつくなんて！」

もうひとりの小麦粉教信者、木田も拍手喝采である。もちろん、大地も優也の成長には目を見張っていた。去年の今頃は、人参の皮を剝くのすらやっとだったのに……

「そんなに褒められるほどのことじゃないよ。目の前にバターと小麦粉があったら、俺だってそれぐらい考えるよ。とはいえ、それも包丁部のおかげだけど……」

量り売りの肉ならまだしも、野菜にしても魚にしてもレシピにぴったりの分量を買うことは難しい。自ずと、残った材料をどうするか、まで考える癖がついた。献立を立てるときも、より汎用《はんよう》性の高い食材を選ぶようになった、と優也は言う。

「残った食材でもう一品。包丁部たる者、それぐらいできなくてどうする！　ってことだな！」

大地は即座に同意した。

なぜなら、大地自身、ゴールデンウイーク中に家で料理を作り、『残り物でもう一品』も披露して家族の高評価を得ていたからだ。高評価というよりも、これをおまえが作ったなんて！　と大絶賛だった。

実はその日、朝から母親の体調が悪く、そのせいで出かけられなくなった父親の不機嫌がマックス状態になっていた。

そうでなければ、たとえ、包丁部の部長が五日も休みがあって一度も自主練しないのはまずい、という考えが頭を過ぎったとしても、台所に立つことはなかっただろう。

——いくらお祖母《ばあ》ちゃんのお見舞いに行きたかったからって、具合悪いんじゃ仕方ないだろう。そんなに行きたければ父さんひとりで行けばよかったんだ。そもそもお祖母ちゃん家に行ったら、母さんは溜まってる掃除とか洗濯ばっかりやらされて休む暇もない。あれじゃあ、お母さんが具合悪くなるのも当然。それなのに、自分は座ってお祖父《じい》ちゃんとお酒とか呑んじゃって……。でもまあ、お母さんだって、一言『行けなくてごめんね』とか言えば、もうちょっとなんとか……

喧嘩両成敗と言うには父に非がありすぎるが、それでも母がもう少し上手くやってくれれば、ここまで不機嫌な顔をされなくても済んだような気がする。そしてそれは、祖母のお見舞いの件だけでなく、勝山家の生活全般に関わる問題だった。

そんなこんなで家の中にいたたまれない空気が漂いまくり、大地はそれをなんとかしたくて、昼ご飯作製を思い立ったのである。

両親は息子が『包丁部』という聞き慣れない部に入ったことは知っていた。たぶん陸上が続けられなくなり、『生徒は必ずどこかの部に加入すべし』という校則に縛られて、当たり障りのなさそうな部に入ったとでも思っていたのだろう。

ひとり息子で家事なんて母に頼りきり。家では包丁なんて握ったこともない。ましてや家族のために昼食を整えられるほど腕を上げているなんて考えてもいないはずだ。

その自分が、家で初めて作った料理。褒められるかどうかわからないが、貶《おとし》められることはないだろう。少なくとも、息子が初めて作った料理を前に夫婦喧嘩を始めたりはしないだろう、と信じてのことだった。

だが、いざ完成して出してみると、両親は本当に嬉しそう、かつ、美味しそうに大地が作った料理を食べてくれた。

豚肉とタマネギを甘辛く煮付け、卵でとじた他人丼。残ったタマネギと乾燥ワカメを使った味噌汁。味噌汁を作るときに一緒に戻したワカメと冷蔵庫にあったキュウリを使った和え物には、他人丼に使った溶き卵を少し残して作った卵焼きも刻んで入れた。

他人丼と味噌汁と和え物——その三品を家にあった食材だけで作り上げた大地に、母は涙をこぼさんばかりだった。

「大地、ありがとう！　だるくて動けないし、お昼ご飯をどうしようと思ってたの。まさか、あんたがこんなにちゃんとしたご飯を作ってくれるなんて……」

父は父で、感無量だった。

「まったくだ。お祖母ちゃん家には行けないし、飯はないし、どうしようかと思ってたんだ」

父の責めるような口調に、母が不満そうな顔になった。おそらく、母にしてみれば、誰のためにこんなに疲れていると思ってるんだ、というところだろう。

ふたりの喧嘩が始まる前に、慌てて大地は口を開いた。

「これ全部、うちにあったものばっかりなんだよ。お母さんが具合が悪そうだから、何か買いに行こうかな、とも思ったんだけど、冷蔵庫覗いてみたらけっこう食材あったし」

「いや、父さんも冷蔵庫は見たけど、豚肉だって三人で食べるには少ないし、これじゃあどうしようもないと思った。卵とタマネギを足して丼物にするなんて考えもしなかった。しかも汁物と小鉢まで……」

父は手放しで大地を褒めた。

とりあえず、母に非難めいた言葉をぶつけるのを止められたことにほっとしつつ、大地は料理の説明を加えた。

「丼ときたら汁物は必須だし、まあ野菜も付けたほうがいいかなーって」

「本当にすごいわ、大地。栄養のバランスまで考えてくれたのね」

「えーっと……まあ、俺、部活でこんなことばっかりやってるから……」

「包丁部ってとこに入ったとは聞いてたが、こんなに腕を上げてるなんてびっくりだよ」

「そんなに褒められたもんじゃないよ。味付けだってごくごく普通だし……」

「そんなことないわよ！　お店のよりずっと美味しいわ。きっと、うちにあわせて濃い目に味付けしてくれたからよね」

「この酢の物もしっかり酢が利いてるし、かすかにゆずの香りもする……」

「あ、それはゆずが入ったポン酢を使ったんだ。お母さんはゆずが好きだし、具合悪くてもこれなら食べられるかなーって」

「もうね、具合が悪いのなんてどっかに飛んでっちゃいそう……」

大地が昼ご飯を作り始めるまでは、本当にだるそうにしていた。リビングのソファに横たわったまま、ぼんやりテレビを見ているものの、好きなタレントが画面に登場しても反応すらしなかった。いつもなら、テレビの前にすっ飛んでいって座り直すほどお気に入りなのに……

その母親が、大地が作った昼ご飯について盛んに話しかけてきていた。父親も合間合間に質問を挟んでくる。料理を褒められたことよりも、母親が回復したこと、そして両親が意見の対立もさせず、なんとなく家族団らんの雰囲気に持ち込めたことが嬉しかった。

「俺、まだまだ下手だけど、休みの日の昼ご飯ぐらいなら引き受けるよ……あ、たまにだけど！」

自分は翔平ほど料理に命を燃やしていないし、いつもは部員たちと一緒に料理を作っている。昼ご飯といえども、自分ひとりで献立を考え、それなりの体裁を整えるのは大変だった。

これを毎日やっている母親はすごいし、できれば手伝ったほうがいいとは思う。自分の料理がきっかけで、家族揃って和やかに食事ができるなら言うことなしだ。それでも、休みごとにずっと、とまでは約束できなかった。

「ごめん……もっと手伝ったほうがいいとは思ってるんだけど……」

「いいのよ。その気持ちだけで十分。今年はあんたも受験生、料理どころじゃないってわかってる。でも、もしもお料理が気分転換になるなら、たまには作ってくれると嬉しいなあ……」

「そうだね……勉強に行き詰まったりしたら……」

「おい、大地。それじゃあおまえ、一日中台所に入りっぱなしになるぞ」

「うわー、お父さん、それはひどいわ！」

大地だって、前に比べれば随分勉強するようになったわよ、と母親は急に真顔になって言った。

「追試だって、赤点だって、前よりずっと減ったのよ」

「減ったっていうよりも、なくなったんだよ！」

「あ、そうだった？　ごめん、気がつかなかった。でも、とにかく大地は頑張ってるわ。もしかしたらそれも、包丁部に入ったからなのかしら？」

「そうだよ。包丁部のおかげ、っていうより、先輩たちのおかげ」

陸上三昧だったころは、放課後や休日のほとんどを練習や試合に潰され、勉強する時間がなかった。たまに時間があったにしても、教科書を開くよりもベッドに潜り込んで体力の回復に努めた。自分は陸上をやっていて、結果も出している。だから、勉強なんてできなくても仕方がない、後回しでいいんだ、と自分に言い訳ばかりしていた。

けれど、包丁部に入ったことで、その言い訳は使えなくなった。

どこよりもゆるいと言われる包丁部。週末どころか、長期休暇ですら自主練に徹し、学校では一切活動しない。作った料理は食べなければならないが、いくら万年空腹の高校男子といえども限度はある。材料費だってかかるし、一日中、料理し続けることはできない。時間は有り余るほどあった。部活で忙しくて勉強ができません、なんて口が裂けても言えなくなってしまったのだ。

さすがにやるしかない、と教科書を開いてみたが、どこを見てもわからないことばかりだった。やむなく、英単語や漢字の小テストに的を絞った結果、二年生の秋には記憶系で再テストに引っかかることはなくなった。次の定期考査では、単語と漢字で得点を拾い、赤点を免れた。

大地の話を聞いて、父親が大きく頷いた。

「なるほど、小さなことからこつこつと……ってやつだな」

「そう。でも、そのあと何をすればいいかわからなかったんだ。問題集でも買ってみるかなーとか思ってたら、翔平先輩が教室に来たんだ。『大地、この問題集やっとけ！』って」

昼休み、弁当箱をしまうかしまわないかのタイミングだった。何事かと思ったら、どうやら翔平は、ミコちゃん先生に呼び出され、大地の成績の悪さをなんとかしろ、と厳命を受けたらしい。

「それはまた、すごい顧問ね……」

教師が生徒に言う台詞じゃないでしょう、と母は笑い出してしまった。

「うちの顧問はちょっと変わってるんだ。でも、とにかく翔平先輩は問題集のどこをやるかまでちゃんと教えてくれた」

これ全部とは言わない。どうせ、解けっこない。星がついてないのだけ拾ってやれ。星のないのは基礎問題だ。それが解ければ教科書程度の問題はわかるようになる、と翔平はぶっきらぼうに言った。

『星がついてない問題なら俺でも教えてやれる。但し、星つきの問題に関しては、俺には聞くな！　颯太にでも聞け。あ、だが星ふたつ以上は颯太でも駄目だ』

それ以上やりたくなったら先生のところに行け！　と念を押し、翔平はのっしのっしと去って行った。

翔平が積み上げていったのは、英国数の主要三教科分の問題集。ぱらぱらと中を捲ってみると、数学はノートを使っていたらしく、書き込みはなかった。だが、英語や国語にはあちこちに書き込みのあとがあり、しかもそれらはみな、丁寧に消されていた。

おそらく大地のために、翔平がひとつひとつ消してくれたのだろう。

「いい先輩だな……」

父が感慨深そうに呟いた。

「俺は高校時代、サッカー部に所属していたが、先輩から勉強のアドバイスなんて受けたことなかった。自分が使った問題集を、書き込みまで消して譲ってくれるなんて考えられない」

「そこまでしてもらったら、やるしかないわね」

「うん。だから俺、その日からやったんだ」

その後、選択科目が重なっていた颯太からも問題集を譲り受け、大地はせっせと星なし問題を解き続け、二年生最後の考査、数科目ではあったが平均点を超えることができたのである。

「よかったわね……いい先輩に恵まれて」

「うん……」

「じゃあ、おまえもそんな先輩にならなきゃな」

「……前向きに検討する」

父親の言葉に釘《くぎ》を刺されながら、大地は思う。

先輩からもらったものは、後輩に伝えなければならない。それは、部活に関係あることでも、ないことでも同じだ。後輩たちが自分ほど勉強に難儀しているとは思えないけれど、形を変えて伝えることはできるだろう。大事なのは、問題集そのものではなく、後輩のことを思いやる気持ちなのだから……

そんなことがあってから、大地はより後輩たちに目を配るようになった。

わからないことや、困っていることはないか。自分にできることはないか……

そんな気配り、目配りが、具合の悪そうな母の代わりに昼ご飯を作り、家庭の気まずい雰囲気を払拭《ふっしょく》するという結果を生んだ。すべては、翔平たち……包丁部のおかげだった。

「俺、膝が駄目になって陸上部をやめたとき、世界が終わったみたいに感じた。確かに、一度は終わったのかもしれない。でも、わかったんだ。陸上以外にも世界はある。ひとつがだめでも、他で頑張ればいいんだって」

自分はもう三年生だ。これから進路を決め、入試に挑むにあたって、あのときみたいに世界が終わったように感じる瞬間が来るかもしれない。気軽に進路変更すればいいというわけではないが、どれだけ望んで決めたにしても、道が閉ざされることはある。そんなとき、他にも世界がある、そっちならやれるかもしれないって考えられるのは強み——

「それが、俺が包丁部に入って得た一番大事なものだと思う。料理はそこそこしか上手くならなかったけど、そんな料理でも役に立つことだってあるし」

てへへ……と笑う自分に注がれた両親の目は、限りなく優しかった。その後、夕食は家族三人で作製。昼食以後、勝山家は終始和やかな雰囲気に包まれたのだった——

「ごめん、話がすっかり逸れちゃったな……。でも、親とそんな話ができたきっかけは、あり合わせでささっと作った昼飯だった。……ってことで、包丁部で学んだノウハウは大いに役立っております！」

大地は少々照れながら、そんな風に話を結んだ。優也が、やけにしんみりしながら言った。

「大地先輩、俺、ちょっと感動しましたよ……」

「僕もです。いやあ……勝山先輩が赤点も追試も返上してたなんて！」

「不知火、そうじゃない！」

優也が不知火の後頭部を平手で叩いた。

いてーっ！　と叫びながらも、不知火はにこにこ笑っている。その様子から、彼の反応はただの『ボケ』にすぎないことは明白だった。

「正直に言えば、包丁部なんてって、ただの仲良しごっこだと思ってました。吹奏楽部や美術部みたいにコンテストがあるわけでもないし、茶道や華道みたいに人前で披露することもない。新入生歓迎会なんかは例外中の例外で、基本は作って食って終わり、ただそれだけだと思ってたんです。でも、包丁部だって得るものはあったんですね」

自分はとりあえず入部しただけで、料理が上手くなることすら期待していなかった。一匹狼最高、とまで思っていたのに、今ではみんなで料理を作って食べることをこんなに楽しめるようになった。包丁部に入らなければ、仲間と過ごすことの楽しさや、大切さなんて知らずにいただろう、と不知火はやけにしみじみと呟いた。

「確かになあ……不知火って、一年のときは完全に孤立してたよね。体育が同じクラスだったけど、柔軟体操する相手にだって困るぐらい……。でも、今は違うよね？」

末那高祭であの絶品と評されたスコーンの生地を作ったのが不知火と知った他校の女子生徒たちが、不知火に群がった。おそらく、末那高にいる友達や彼氏から情報を得たのだろうが、レシピ目当てに駅や電車の中で話しかけられるようになったのだ。戸惑いつつも、不知火は彼女らのためにスコーンのレシピをコピーし、なんちゃってクロテッドクリームの調合のコツも伝えた。

末那高の「親切な」小麦粉教信者の噂は、女子生徒との間で徐々に広がり、今ではお菓子作りに悩む女子たちの救世主のような扱いになっている。

不知火に他校の女子が群がっている、もしかしたら紹介してもらえるかもしれない、というひどく打算的な理由から、話しかけてくる男子生徒も増えた。柔軟体操の相手に困ることも、校外学習のグループ決めでひとりだけぽつんと残ることもなくなったのである。

「なんていうか……学校で誰かと話をすることが増えたよ。語源について話しても、前はただ『キモい奴』って目で見られるだけだったけど、今ではへぇー……なんて聞いてくれる奴もいる。こんな言葉知ってる？　なんて挑んでくる奴まで……」

『にわか』に負けることなんてないけど、そんなやりとりができるだけでも奇跡だ、と不知火は、今度は本当に嬉しそうに語った。

「人と交わるって大事なことなんだ、ってわかったってわけですな。いやはや、不知火君、成長しましたなあ！」

「はいはい、おかげさまで！」

優也が茶化しても、本人は平然と笑っている。まさに、余裕綽《しゃく》々《しゃく》だった。

「遅くなりました！」

そこに入ってきたのは、木田だった。彼は大地の命令で、いつものスーパーに行ってきたところだった。

「あーお帰り。買い出しお疲れさん！　みんなあったか？」

「はい。でもって、ついでに拾いもの……ほら、入りなよ」

「あ、うん……失礼します」

そう言いながら、木田の後ろから顔を出したのは、新入生歓迎会の日に一年生昇降口でバッテリーを解散するのしないので揉めていた球児、蘇我琢馬だった。

「大地先輩、こいつ、やっぱりうちに入部したいんだそうです。かまいませんよね？」

「それは全然かまわないいし、むしろ大歓迎だけど……例のピッチャー君と話はついたの？」

しきりに考え直せと言っていた長年の相棒は、納得したのだろうか。それが気になって、大地は窺うように蘇我を見てしまった。

「いいんです。俺、やっぱりもう野球は十分だって思うし、あいつが何を思っても関係ないっていうか……」

「ふうん……本当に君がそれでいいなら、うちはかまわないけど……」

「俺、さっきまで野球部の練習を見てたんです。あいつ、ピッチング練習してました。捕手は同じ一年生……きっと四月からずっと一緒にやってたんでしょうね。息もぴったりだったし……もう、俺がいなくてもいいんじゃないかと……」

「……君、それで大丈夫？　寂しくない？」

「あのキャッチャーはリードがすごく上手かった。あいつの球は、俺が受けてたときよりもずっとよくなってました。本人も、俺よりも今のキャッチャーと組んだほうがいいってわかってると思います。俺も、もうあいつの足を引っ張らずに済むんだって思うと気が楽になります」

「そうか……チームプレイって難しいな……」

長距離走は基本的に個人競技だ。短距離ならリレーなどチームで競うものもあるだろうけれど、長距離にはそれすらない。だから、蘇我に足を引っ張らずに済むと言われて初めて、そういう側面もあるのか……と思うぐらいだった。

いずれにしても、本人と長年の相棒が納得しているのであれば文句はなかった。

「ちびのころから野球ばっかりでした。仲間と和気藹々で飯を作って、食って……勝ち負けなんて関係なし、ってやってみたくなりました。そういうの、だめですか？」

「だめじゃないよ。うちはまさにそういう部だし。ようこそ、包丁部へ！」

大地が差し出した右手を、蘇我ががっちりと摑んだ。その手に込められた力から、制服の下に隠れている腕や肩の筋肉の発達具合が知れた。キャッチャーとしては小柄なのかもしれないが、これだけの筋力があれば、存分に鍋やフライパンが振り回せる。翔平が覗きに来ることがあれば、自分の後継者の出現に目を細めることだろう。

不知火が感極まったように言う。

「五人でも包丁部の存続には十分なのに、六人目まで……。今年の包丁部は安泰だ……」

「よかったなあ……これで不知火がやめても大丈夫だ」

「なんで僕がやめるんだよ！」

「語源研究部を作るんじゃなかったの？」

「またその話か！　それはもう個人で楽しくやることにしたからいいんだよ！」

「あ、そうなの？」

不知火と優也は実に楽しそうに会話している。その掛け合いが、かつての翔平と颯太のようで、大地がにんまりと微笑んでいると、不知火が突然大声を上げた。

「そうだ！　新入部員の歓迎会をやらないと！」

「新入部員歓迎会！　是非是非……って、ちょっと待って。俺たちそんなのやってもらったっけ？」

そこで優也が首を傾げ、不知火も、そういえば……と大地のほうを振り向いた。

「僕たちの新入部員歓迎会って……」

「え、やっただろう？　翔平先輩が気合いたっぷりの五目飯を炊いてくれたんじゃなかったっけ？」

「あれって、歓迎会じゃなくて僕の腕試しですよね？　ゴボウとか剝かされたし！」

無駄に記憶力あるよなーこいつ……と大地は苦笑いだった。

「ばれたか……。でも、俺のときだって歓迎会なんてなかったぞ」

「だったらなんで！」

「そりゃあ、こっちが必死に勧誘してようやく入部に漕ぎ着けた奴と、向こうから来てくれたのとは扱いが違って当然」

　不知火も大地も、主な入部動機は『他に入るところがないから』だった。自ら名乗りを上げた木田や蘇我とは大違いなのだ。

　だが、そんな大地の説明に異議を唱えたのは優也だった。

「でも、俺は包丁部に入る気満々でしたよ！」

「おまえは手間がかかりすぎだ！」

　そもそも優也は、入部の意思すら満足に示せなかった。もしも大地が雪隠詰めに遭っている途中で、優也と友達の会話を耳にしなければ、優也が包丁部に入りたいと思っているなんて知らずに過ぎていっただろう。会話の主を探し出し、入部の段取りを付けたあとですら、天文部に攫われそうになった。あのとき颯太が機転を利かさなければ、優也は今ごろ星空観測隊の一員だったはずだ。

「とにかく俺も含めて、去年までは大変だった。それに引き替え、今年の部員ゲットのスムーズだったこと！　感謝感激雨あられ、歓迎会をするパワーもしっかり残ってるってわけだ」

文句あるか？　と大地は精一杯すごんでみせる。

ちょっとは翔平みたいに見えないものか、とは思うけれど迫力不足は否めない。それでも優也と不知火が頷いたところを見ると、少しは部長の貫禄《かんろく》が備わってきたのかもしれない。

「僕たちの入部に関して、手間がかかったって言われれば反論の余地なしです。今年は何年かぶりに『ミコちゃん先生リスト』をもらわずに済みました。それだけでも一席設けるに値します」

「だろ？　ということで、歓迎会開催決定！　あ、そうだ、どうせなら金森も来られる日にしようぜ！」

「あ、じゃあ、早速連絡……は、大地先輩のほうがいいですね」

「だな。おまえらは献立のほう頼むわ」

「任せといてください！」

優也が胸を叩いて献立作成を引き受け、新入部員ふたりにどんなものが食べたいか訊ね始めた。不知火は不知火で、スマホの検索窓に『春らしいデザート』なんて打ち込んでいる。

総菜部門が四人もいれば、不知火はデザート、いや小麦粉料理に徹することができる。

今年、彼は存分に粉まみれの一年を過ごすことだろう。

人数が増えれば作れる品数も増える。優也の妹も教えてもらえる料理が増えるし、大地の両親も楽しみにしてくれるに違いない。

金森に、ふたり目の新入部員が決まったことと、その歓迎会を開くことを告げるメールを打ち込みながら、大地はふと考える。

——先輩たちにも知らせよう。あのふたりならきっと喜んでくれる。もしかしたら、駆けつけてくれるかもしれない。『腕が上がったな』と褒めてもらえるように、精一杯頑張らなきゃ！

翔平の眉間の皺が、わずかでも浅くなることを祈りながら、大地はメールの同報欄に翔平と颯太のアドレスを入れた。

この作品は二〇一六年十月小社より刊行された『放課後の厨房男子　進路篇』を改題したものです。

放課後《ほうかご》の厨房《チューボー》男子《だんし》

野獣飯《やじゅうめし》?篇《へん》

秋川滝美《あきかわたきみ》

平成30年10月10日　初版発行

発行人――石原正康
編集人――袖山満一子
発行所――株式会社幻冬舎
〒151-0051東京都渋谷区千駄ヶ谷4-9-7
電話　03(5411)6222(営業)
　　　03(5411)6211(編集)
振替00120-8-767643
印刷・製本―図書印刷株式会社
装丁者――高橋雅之

幻冬舎文庫

ISBN978-4-344-42785-3　C0193　あ-64-2

幻冬舎ホームページアドレス　http://www.gentosha.co.jp/
この本に関するご意見・ご感想をメールでお寄せいただく場合は、
comment@gentosha.co.jpまで。